U0920356

我怎样做诗

周啸天 著

商務印書館国际有限公司
中国·北京

图书在版编目（CIP）数据

我怎样做诗 / 周啸天著. -- 北京：商务印书馆国际有限公司, 2021.11（2022.1重印）

ISBN 978-7-5176-0862-2

Ⅰ. ①我… Ⅱ. ①周… Ⅲ. ①诗词－诗歌创作－研究②诗集－中国－当代 Ⅳ. ①I052②I227

中国版本图书馆CIP数据核字(2021)第202495号

WO ZENYANG ZUOSHI

我怎样做诗

著　　者　周啸天

出版发行　商务印书馆国际有限公司

地　　址　北京市朝阳区吉庆里14号楼
　　　　　佳汇国际中心A座12层

邮　　编　100020

电　　话　010-65592876（编校部）
　　　　　010-65598498（市场营销部）

网　　址　www.cpi1993.com

印　　刷　北京中科印刷有限公司

开　　本　880mm × 1230mm　1/32

字　　数　160千字

印　　张　9

版　　次　2022年1月第1版第2次印刷

书　　号　ISBN 978-7-5176-0862-2

定　　价　49.80元

序

我怎样做诗

千禧年之前，我不怎么做诗，但我研究了三十年古典诗词。那时我相信鲁迅的话，我以为一切的好诗到唐代都已做完。后来读到聂绀弩的诗，才发现鲁迅那句话的下面还有话，就是今后如果没有翻出如来手心的齐天大圣，大可不必措手。而聂绀弩就是翻出唐人手心的一个人。正是受聂绀弩的启发，我写出了我的脱胎换骨之作《洗脚歌》，这首诗和另一首《人妖歌》曾使得王蒙“大为雀跃”，两次三番地著文说项。

李小雨尝问我，旧诗向新诗学些什么？我说首先是学创作意识。太多的旧诗是在社会应用层面上写作，如送往劳来；是在生活经验层面上写作，如日常记事。所以有太多的节日诗、祝寿诗、题赠诗。旧诗作者经常被要求：“鄙人生日到了，写一首诗送我吧。”而新诗很难为应酬而作，因为新诗人有创作意识。旧诗有创作（天才能之），却没有创作意识。也不是所有旧诗人都没有创作意识。如苏东坡就说过："作诗必此诗，定非知诗人。"没有创作意识的人，说不出这样的话。

先说取材，明人曹学佺说宋诗"取材广而命意新"（《宋诗选注》）。取材就该这样子。有人批我写超女，写翁杨恋，说这表明作者的卑微。其实没有卑微的题材，只有卑微的人。说这话的人，伟大不到哪儿去。邓拓引用陈与龄《林白水先生传略》说"每发端于苍蝇臭虫之微，而归结于政局"。就是这个道理。我写《葬猫诗》："药锄掘地到三尺，葬尔非花也是痴。盏里香油连夜少，喵喵去矣鼠先知。"写《主家变故致小狗失所，日与之食，忽寻之不遇》："丧家叵耐久承欢，路遇嗟来每乞怜。今夜不知何处去，明朝须有倒春寒。"这些猫猫狗狗的诗，不仅仅是对小动物的关怀。鲁迅说："从血管里流出的都是血，从水管里流出的都是水。"诗人首先应把自己修炼成具有人文情怀的人，不管你写什么，都会表现出这种关怀。所以我说：当代作者须强化创作意识——写个人经历，从自己跳出来；写社会题材，把自己放进去。尽弃登临聚会无关痛痒之作。

再说诗从什么地方做起，或诗在何时可以动笔，此事大有讲究。旧诗习惯的做派是，从得到一个题就开始做，或拈到一个韵就开始做，也就是从藻绘组装做起，于是出现大量描红之作，这是一种纸做的花，因为没有花的种子。这就是作者没有创作意识的表现。做诗有一定的契机，白居易说：“诗者，根情、苗言、花声、实义。”（《与元九书》）如果我们接过这个譬喻，把一个作品比作一枚果实，那么它一定有一个种子。《毛诗序》说：“在心为志，发言为诗。”那么这个志，须酝酿到何等程度，才可以发言为诗呢?

作为一个读者、作者和编者，我觉得并不是所有的人，都明白这回事。有很多的人做诗，并没有这样的意识，即创作的意识。所以有一个成语叫“率尔操觚”。因而有很多的诗，死于下笔，也就是说，一开始就决定了它不会成功。写出来，不会给读者留下任何印象，而且是读了一遍，绝不会读第二遍的。而写出让人记得住的诗句，是每一个诗人理应追求的。

佳句是诗词之灵魂，或谓之诗眼。所以，做诗可以从好句做起。古人把做诗称为觅句，把成诗称为得句，就是这个道理。好句与兴趣是联系在一起的。而浮想联翩是形象思维的状态。只有在兴会到时、浮想联翩时，你才会有取之不尽的创作灵感，左右逢源。好句不请自来。陈衍说：“东坡兴趣佳，故每作一诗，必有一二佳句。”（《石遗室诗话》）王蒙说：“难得他的好心情和好词句。”如果一个人败了兴，被破坏了创作情绪，打死他也写不出一个好句的。“竹外桃花三两枝，春江水暖鸭先知”，“春风得意马蹄疾，一日看尽长安花”，“孤臣霜发三千丈，每岁烟花一万重”，“流不完相思血泪抛红豆，看不完春柳春风满画楼”，等等，无一不是生于兴趣。所以做诗者必争此一句。

没有得到好句前，是不能提笔做诗的。好句好比种子，有了这颗种子，它就会生长，因为它有诗的基因，会按照一定指令（语言关系）成长，而生活经验则好比土地。当好句与生活经验结合，就像种子播进土里，就会发芽、开花、结果。“蜘蛛结网三江上，水推不动是真丝”，没有好句，一味组装拼凑，很难产生真诗。有一次我弟过生日，要我写一首诗。我答应写，是因为打小一块儿过，有趣事可写。兄弟年龄越接近，小时候越不相让的。孔融让梨的故事大家都知道，但总是希望对方做孔融。所以我就得了一句“宁让孔融不让梨”。这是个好句，因为它改造了“孔融让梨”这个故事，赋予它新的意趣。可以据此做首七绝。这个句子是平声结尾的，可以据以定韵。前面随便来：“行年三四五六七，宁让孔融不让梨”，并非律句，并无关系。三四句要与之形成关系。便想起小时候，看齐白石画两只小鸡争夺蚯蚓，题曰“他日相呼”。我问父亲这是什么意思，父亲回答说：“近日相争。”所以后两句是：“鸡虫得失高堂笑，他日相呼更无疑。”这就扣上了让和不让的话头，同时把“他日相呼”这个话做进诗里。“鸡虫得失”则来自杜甫《缚鸡行》。黄庭坚说“无一字无来历”，此之谓也。这首诗好不好呢，我以为是好的了。但细心的读者会挑剔说，“宁让孔融不让梨”犯孤平了。犯了没有呢，这个话放到后边说。

五·一二地震，我第一时间头脑里冒出“唐山”两个字，于时百端交集，不可无诗。但诗从何做起呢。彭州一位朋友打来电话说，九峰山灾民下山来，他们亲眼目睹银厂沟里冒出一座山，而四周的山峰为之垮塌。没有比这更好的开头了，所以《八级地震歌》开头就是：“一山回龙沟中起，龙门九峰皆披靡。”做七言歌行，就是要先声夺人。《洗脚歌》开头是：“昔时高祖在高阳，乱骂竖儒倨胡床。”这个开头很带劲，因为我终于明白，《史记》写郦食其见刘邦，刘邦一直洗脚，洗那么久，气得郦生和他对骂起来，原来刘邦是在做足部按摩。这里包含着诗人的发现。《王蒙自传第三部：九命七羊》提到此诗，说：“谁也没有想到足底按摩也能入诗，而且写得如此古雅亲和。顺便说一下，我个人极少做这种按摩。我也不在乎这篇诗作的‘政治正确’与否，如果新左派认为应该造捏脚丫子的人的反，那也与我喜欢这首诗的绝门没有太多关系。”《人妖歌》的开头也不赖。学院组织去海南兴隆，导游安排看人妖表演，同行一百来号人，去看表演的只有四五人。有老教师说：“要看就看男的，要看就看女的，不看不男不女的。”这种想法很代表了一些人的心态。而我呢，觉得不看白不看。但也觉得他这个话很有意思。正好做起《人妖歌》的开头：“京剧旦行梅派工，越剧小生范徐红。反串之妙补造化，何须台后辨雌雄。”艳舞去看的人就更少了，因为老婆反对。但我的老婆不反对，就去看了。《澳门观舞》的开头是：“西画基础是人体，国画极诣在山水。伊人颇具丘壑趣，远山亦饶曲线美。”总之思路要开阔，写歌行，要先声夺人，然后是从一个兴奋点到另一个兴奋点，之间是跌宕，越是纵横捭阖越好，结尾要戛然而止。所谓“大江无风，波浪自涌。白云从空，随风变灭”(《唐诗别裁集》)。

“诗不能像散文那样直说”，这是毛泽东的话。其实应该加一个字：“诗不能老像散文那样直说。”诗的话语方式有两种，一种是散文化的，一种是诗歌特有的。这个放到后面说。诗歌形象大抵有两种，一种是眼前景，如鹅鹅鹅、两个黄鹂、一行白鹭等；一种是意象，有象征符号的意义，如一片冰心、南国红豆等。杨牧有一次要为新疆建设兵团写一首诗，曾一千次在心中问自己，什么是新疆建设兵团？最后找到了答案，即“绿色的星”。新疆建设兵团，是直说；绿色的星，则是意象。王维写相思，一样地曾一千次在心中问自己，何物最相思？答案是“红豆”，所以那首诗的结句是“此物最相思”。

诗也可以从意象做起。同样是红豆，有人这样写：“夕阳一点如红豆，已把相思写满天。”诚如袁枚所说：“夕阳芳草微细物，解用即为绝妙词。”很大程度上，就是在说意象。意象是联想的产物。“作诗必此诗，定非知诗人。”当你的心思只停留在一个事物上面时，即使有动于衷，也还不能提笔做诗。只有当你的思绪，完成了从这一事物到另一事物的飞翔时，你才可以提笔写诗。某年底我从北京回成都，在去首都机场的路上，看到道路两边光秃秃的树枝上，一个个马蜂窝似的鸟巢，那样触目惊心——但这时你并不能提笔写诗。当我想到，哇，这就是“空巢”时，思绪就完成了从此空巢到彼空巢的飞跃。于是就产生了《春运》这首诗：“京郊地冻艳阳高，客至年关咒路遥。木落平林天远大，枝头留守有空巢。”“空巢”就是一个意象。我在朝天峡的栈道上行走，上有龟裂的悬崖，下有五·一二坠石，尽管悬崖上有铁丝网和水泥桩等加固措施，仍觉心惊胆颤。这时并不能提笔做诗。当我想到，哇，这就是“维稳”时，也就完成了一次由此及彼、由表及里的飞跃。于是就产生了《朝天峡》这首诗：“乱石当空累十丸，网箍桩铆冀平安。人心毕竟思维稳，便到千钧一发间。”“维稳”也是意象，虽然它只是意念而非物象。意象的特点，是具有双关性。鲁迅文学奖颁奖之夜，我做了一首《草船》，“草船”也是一个意象。这些诗，便都是从意象做起的。

写诗是创作，固然是缘事而发，固然可以有模特儿，但创作不是实录，不是写生。“作诗必此诗，定非知诗人。”创作须有虚构，须有构思。构思这件事，是和想象联系在一起的。宋人龚开写黑马道：“幽州侠客夜骑去，行过阴山鬼不知。”“幽州”的“幽”，“夜骑”的“夜”，“阴山”的“阴”，及“鬼不知”云云，都通感于“黑”字，这就把黑马之黑写绝了。我写《张飞夜画》一诗，就受到他的启发。野史称张飞善草书、画美人，想象要进一步细化到画什么美人，在什么环境下画。而后决定画虞美人，

"夜画"，因为张飞是战将，白天要打仗；同时他有一张黑脸，可以融入夜色。诗云："画到虞姬别婿情，兔毫重似虺矛轻。图成不见丹青手，炯炯双瞳暗恨生。"趣味就出来了。

《玉树》二首，是应请之作。今人做诗较古人有一重好处，就是借助网上视频，可以做到"不隔"。写前我有一个想法——写出来，要让人不看题目，便知是写玉树地震，而不是写汶川地震。第一首写高原抢险。"不往高原去，焉知抢险难"——这就是玉树了。十字一气呵成，极有张力。接下来紧扣高原抢险难——"有风氧气薄，无雪夹衣单"，两句各有一次转折，按前人的说法，这是"语未了便转"。这两句有杜诗"无风云出塞，不夜月临关"（《秦州杂诗》）垫底。接下来是呐喊，也是释放："滥震何为地，精诚可动天。"有"地也、你不分好歹何为地"（关汉卿《窦娥冤》）垫底。上句说地，下句可用天对，亦可用人对。而"精诚可动天"从字面上看是用天对，从内容上讲则是用人对。最后为精神寻根——"昔闻格萨尔，定力至今传"。格萨尔王是青海藏民传说中坚忍不拔的旷世英雄，生活年代相当于北宋时期。宕开一笔，诗就有了厚度。想象和构思起了很大作用。

诗词是语言艺术，极而言之，写诗就是写语言。有一个语言策略问题。网上对我的吐槽，一个关键词是"打油"。天下知其一不知其二的人太多。为了省事，我引鲁迅"达夫赏饭，闲人打油"，聂绀弩"完全不打油，作诗就是自讨苦吃”以解嘲，吐槽者奈何我不得。其实诗语有两种，一种是语体，一种是文言，二者本无高下之分，然各有妙与不妙之分。杜甫说“清词丽句必为邻”，清词即语体，丽句即文言。丽句好看然接受需要时间，而清词到口即消，则可以节约时间。两者相济为用，如“落日熔金，暮云合璧，人在何处？染柳烟浓，吹梅笛怨。春意知几许”，一张一弛，读者颇不吃力。所以我说这是一种语言策略。清周济《介存斋论词杂著》云：“毛嫱西子，天下美妇人也。严妆佳，淡妆亦佳，粗服乱头不掩国色。飞卿严妆也，端己淡妆也，后主则粗服乱头矣。”从语言角度说，严妆淡妆即文言即丽句，粗服乱头即语体即清词。人多知严妆淡妆之为美，不知粗服乱头之不掩国色。

《邓稼先歌》一开篇就是粗服乱头。“炎黄子孙奔八亿”，说人口就是说时间（1958），不必更说时间。一个“奔”字，定下了全诗以口语为主的基调。这样做接地气，便于书写当下，方便大众接受。“奔”字之外的口语元素还有“哪得”“哪可”“不知味”“七六五四三二一”等等，以及俗谚“不蒸馒头争口气”。诗中有些新词是古诗词中所没有的，如“倒计时”“号外”“两弹元勋”等，与人物、主题密切相关，富于现代感。然而所用口语，多有来历，如“放炮仗”语出钱三强，“不蒸馒头争口气”语出俗谚，“人生做一大事已”语出陶行知（“人生为一大事来，做一大事去”）。各有来历，并不直白，所以有味。

诗中也有淡妆即浅切文言，如“周公开颜一扬眉，杨子发书双落泪”，“开颜”即喜形于色，“发书”即打开书信。其他语汇如“寐”“予”“翻”“荐”“已”，诗句如“惟恐失算机微间”“百夫穷追欲掘地”“一物在掌国得安”等等，皆浅近文言，亦有口语的流畅感，网友（石地）点评：“悲歌慷慨，读之令人志泪齐飞。”

诗中用典含蓄精炼，此即严妆。如“不赋新婚无家别”，语出老杜乐府新题（《新婚别》《无家别》）；“夫执高节妻何谓”，语出古诗《冉冉孤生竹》之“君亮执高节，贱妾亦何为”；“不羡同门振六翮”，用古诗《明月皎夜光》“昔我同门友，高举振六翮”之语；“人百其身哪可替”之“人百其身”用《诗经·秦风·黄鸟》之语典“如可赎兮，人百其身”；“门前宾客折屐来”用《晋书·谢安传》之语典“过户限，心喜甚，不觉屐齿之折”，等等。诗中主题句是“神农尝草莫予毒，干将铸剑及身试”两句，以中国神话和传奇中的神农尝草、干将铸剑，来譬喻邓稼先的献身精神，贴切深刻，可谓典重。前句是说邓稼先有神农尝草的精神，却没有神农的幸运；后句是说邓稼先为国“铸剑”，像干将那样以身试剑，似是一种宿命。二语极富悲剧意味，是全诗的诗眼。

古典、洋典一齐上，是作者在“语言上的潇洒气派”的又一种体现。如“潘多拉开伞不开”，“潘多拉”系“潘多拉盒子”的缩写，用古希腊神话的典故，打开潘多拉盒子意谓放出了邪恶和灾难，隐喻核弹头事故。同样的做法，亦见于《毕节行》“昨夜火柴微光里，儿曹可曾睹天国”，用安徒生童话的典故，写流浪儿的不幸。可谓思路开阔，古为今用，洋为中用。必平时烂熟于心，临时方能信手拈来。

歌行中穿插对偶句（宽对），有一种丰满之美。如“一生边幅哪得修，三餐草草不知味”“周公开颜一扬眉，杨子发书双落泪”“神农尝草莫予毒，干将铸剑及身试”“门前宾客折屐来，室内妻儿暗垂涕”等。此外还有句中自对，如“夫执高节妻何谓”“岁月荒诞人无畏”“潘多拉开伞不开”等。这种以骈入散、骈散结合的做法，既避免了散文句式的散漫，也避免了排律的森严规整，使得诗歌语言流畅自然，唱叹有味。

最后，说一下我的声律观。有人主张把旧诗称为格律诗，把新诗称为自由诗，此大谬也。唐代以前的五七言古诗，齐言为主，也有杂言，都是自由诗。唐代以后，五七言古诗仍是诗中的大国，而格律诗即近体诗，指五七言律诗以及绝句中的一部分，不过半数。怎么能以偏概全呢。单说汉语格律诗，其基本精神不外乎沈约所谓“若前有浮声，则后须切响”。定型为律诗，其平仄安排的原则，不过“相间相重”四字。掌握汉语诗歌的格律，一要知道什么是律句，二要知道其搭配原则，即黏对规律。此外，就是知道变通，我指的不是所谓拗救，所谓拗救在我看来都是掩耳盗铃之事。我说的变通，是指林黛玉说的“若意趣真了，连词句不用修饰，自是好的”。有一个耐人寻味的事，要强调一下：自谓独得声律之秘，开创了近体诗局面的标志性人物沈约，在中国诗史上只是一个二流的诗人。他说：“自灵均以来，斯秘未睹。”然而，未睹斯秘的屈灵均和陶渊明，以及写出“池塘生春草”的谢灵运，写出“故人西辞黄鹤楼”的李太白，反而是第一流的大诗人。

汉字平仄的区分和律诗的程式，是划一的。然而，汉字写法一律，读音却从来南腔北调，是不能划一的。外国人对此非常敏感，有匈牙利作家指出，中国方言方音差异之大（如在许多方言中有入声字，而在北京话中没有入声字），如果没有汉字，我们只能是北京人、广东人、河南人、四川人、上海人。因为有汉字，就成了中国人。同一首格律诗词，在不同的方言区域，读起来是五花八门的，声调也不那么统一。然而，不同地域的中国人对诗美的认知，却没有太大的差异。比如李商隐的《无题》诗，没有人说河南人读后感觉最美，而四川人次之，北京人又次之的。这表明，声律的规定，只是一种理想化的境界。而在实践的过程中，完全是另一码事。这就是为什么那么多的诗词赏析文章，很少有人拿平仄黏对来说事的原因。

而且说来很怪，有些非律句，听起来很美，如“池塘生春草”。而有些律句，听起来却很别扭。有人举过一个例子，“桂花飘落桂湖头”，且不说这句的意义如何，只听起来就不悦耳，真是声如瓦缶。按近体诗而论，这句是合平仄的，其声韵不美，是不知抑扬清浊四声互用所致。相反，有些古体诗按近体诗的要求是不合平仄的，但读起来却非常顺口，听起来也非常清响。如“明月照积雪”“高台多悲风”等就是。民歌“桂花生在桂石岩，桂花要等贵客来”，虽不合平仄，但比那个合平仄的句子要美听得多。所以我经常说，凡事知其一，还要知其二。我能做到“人不知而不愠”，是因为我知道信息量不对称。他知其一，而我还知其二。

写近体诗最重要的是要把握格律的精神，无非是相间相重，无非是美听，这是真格律，活格律。如果一个句子，已经符合相间相重的规律而且美听，你还要拿现成的格律定式去框它，说它这也不合那也不是，那就是死格律，假格律。现在我来说说“犯孤平”。这被许多人奉为金科玉律的条条，在我看来，其实是“皇帝的新衣”。在所有关于声律的避忌中，“犯孤平”这一条，其实是最没有道理的。

所谓“孤平”，指仄平脚的句子中，除末字外只有中间一个字是平声，无非是说平声在句中处于弱势。在五言即“仄平仄仄平”，在七言即“仄仄仄平仄仄平”。然而，在五七言诗句中，最重要的位置首先是末字，所以最宽的对联只须把末字的平仄区分开；其次是板眼上的字，即二四六字。而所谓“犯孤平”的句子，两个平声字恰恰占据了最重要的位置（五言的二五字，七言的四七字），怎么能认为其平声字就弱势了呢。还有，七言句的“平仄仄平仄仄平”，一四七字都作平声，仍然叫作“犯孤平”，那就更不通了。“宁让孔融不让梨”这个句子，其平仄格式正是如此。

在一次诗词论坛上，我提到这个句子，星汉比了一下大拇指，钟振振则说，“啸天兄的发言最精彩”。只是念一念，没有人觉得这个句子有问题。除非你像郑人买履那样，拿着“犯孤平”的尺度去量，你才会发现它“犯”了“孤平”。“平仄仄平仄仄平”，七个字有三个平声，而且占据了句中最重要的一四七位，你还说这是“犯孤平”。就像一家人有三男四女，你还说他是“单传”一样，指鹿为马，莫此为甚。还有一个例子，就是拙作写邓小平逸事的《竹枝词》：“会抓老鼠即为高，不管白猫同黑猫。思到骊黄牝牡外，古来唯有九方皋。”次句原为“不管白猫与黑猫”，按条条是“犯孤平”了。改作“不管白猫同黑猫”，则不“犯孤平”。然而，这两个句子，哪一个念起来更好听些。我看还是“犯孤平”的那个句子美听。

此事表明，我们遵守“犯孤平”这一条，并不是它真有道理，而是习惯的力量太大，而这一条遵守起来，也不那么困难。只须把“孤平”字下的仄声，改作平声就可以了。所以我主张，对“犯孤平”这个规定，能迁就就迁就，比如将“宁让孔融不让梨”改为“宁让孔融毋让梨”就行了，前提是要改得过来。不能迁就一定不要勉强，比如我有一个对句“自从心照不宣后，直到意犹未尽时”。下句就是如此，自注：“孤平，任之。”

在我看来，所谓“犯孤平”的句子，如“平仄仄平仄仄平”，甚至“仄仄仄平仄仄平”，都完全符合相间相重的精神，且有句中排比的效果。有两个平声字，落在板眼上。其美听的程度，与“仄仄平平仄仄平”的标准律句，其实是同等的。其实，诗有真正孤平的句子，即“仄仄”脚句中的“仄仄仄平仄仄仄”，可是，像这样的句子，反倒没有人说它是“犯孤平”。这真是让人哭笑不得的事。

小结一下，格律的事、平仄黏对的事及“犯孤平”的事，不可不知，也不可看得那么神圣。说到底，平仄黏对之类，对于诗词写作而言，不过是ABC。你和一个古典诗词研究专家纠缠这类问题，等于是在与一个歌唱家讨论正确发声的技巧，而责怪一个书家不按笔顺写字——是极其可笑的。

周啸天

目次

欣托居歌诗自序

书画棋琴，高明皆能达道；兴观群怨，小子何莫学诗！且夫诗，吾人志之所之；道，诸子根之所系。有大道焉，有小道焉。唐人或得于山程水驿之间，传于马走牛童之辈。曰风曰雅，缘情缘事。临风对月，孟子之养浩然；含英咀华，退之之充腹笥。所赖陶冶性灵，发挥幽郁。故有幼而好此，老而不衰。某也惭太白之豪情，愧少陵之物与，偷香山之格律，接眉山之兴会。拈管城之旧锥，作浮世之新绘。拓宽取材，趋生命意。有义可陈，于事可据。酌用兴比，略关美刺。立主干以支撑，披枝叶而摇缀。毫发岂无遗憾，七步得有佳句。句有发端，尤重空际传神；篇无余味，惟是卒章显志。近体谨严，贵乎畅达；歌行恣肆，忌在滑易。若即若离，似对非对。诙谐之极，或出庄严之态；阳刚为本，映带妩媚之姿。诗有赠答，不为应景；餐到韭萍，敢堕恶趣！平仄稍严，欲存唱叹之音；韵对从宽，不失萧闲之致。

自 注

关于韵部从宽，《启功丛稿·诗词卷》总序云："'诗韵'这种书是为作旧体诗押韵提供标准的，长辈多主应遵，后学多主可变。1973年冬因患颈椎病住医院，不能看书，有时哼几句'顺口溜'，再凑成某个'词牌'。合不了诗韵，当时又无韵书可查，就注上北方十三辙的某一辙，这是我放胆打破韵书拘束的开始。再后胆愈大、手愈滑，写了更多不合韵部的仄仄平平仄，就拿词曲用韵来解嘲。后发现《广韵》卷首附载隋陆法言'切韵序'，序云：'欲广文路，自可清浊皆通；若赏知音，即须轻重有异。'又附载唐孙愐《唐韵》的'序'和'论'，最后说：'若细分其条目，则令韵部繁碎，徒拘桎于文辞耳。'南宋杨万里、魏了翁都曾明文反对平常吟咏也拘守《礼部韵》。此后我更放胆押韵，不再标举什么'十三辙'、什么'词曲韵'以为自己乱押韵的'护身符'了。"

枕函辞

1977

连日候派遣，意气尽消磨。五日见分晓，雪毛乱如鹅。铁轨指吾渠，公路通汝竹。临歧君持枕，赠我泪盈掬。枕腹何所充，嘉陵江畔芦。君之手所采，十指伤拔蒲。枕函双飞鹜，双飞复双宿。君之手所绣，此意吾自熟。为莲爱并蒂，于鳞羡比目。君称拙于辞，衷曲在枕腹。冰炭刺吾肠，枕乎尔何物。收汝泪纵横，眼枯即见骨。经年莫浣洗，忍教泪痕没。

点 评

向咏梅曰：这是作者的少作。题为“枕函辞”，除有为枕题诗之意外，亦可理解为作者会将此诗放于枕边。在等待毕业分配之际，在事业迷茫之时，本心焦烦躁，百无聊赖，然因有爱人赠其枕头的这份情义，让此心慰藉不少。枕头来之不易，是爱人亲手采芦花填充而成，其中饱含爱人的一腔痴情。诗人想象她的十指因为采蒲而受伤，明白她所赠枕头的寓意："枕函双飞鸳"八句，为明白洗练的感情表白和回应，读之令人感动。网络上流传着一句话："一个女人最大的幸福莫过于，当她去拥抱一个自己所爱的人时，这个人会把她抱得更紧。"此诗中的男女主人公便是如此。女子的满腔痴心未白费，纵然采蒲伤手，然得真情，此生何憾。作者曾说，爱的最高境界便是"相看两不厌"。结尾因爱而生怜，怜而生痛，痛而珍惜。故这枕头以后都不会再洗了，要留下枕上泪痕以作此生纪念。情语透骨，感人肺腑。

浣溪沙

1985

读陆放翁《天彭牡丹谱》步刘锋晋先生韵。

天马南来一代愁，湖边西子忒温柔，洛阳春色在彭州。

春雨杏花鸿北去，秋风铁马水东流，花伤客意近高楼。

自注

辛弃疾《水龙吟·甲辰岁寿韩南涧尚书》："渡江天马南来，几人真是经纶手。"陆游《临安春雨初霁》："小楼一夜听春雨，深巷明朝卖杏花。"《书愤》："楼船夜雪瓜洲渡，铁马秋风大散关。"刘锋晋原词："红艳娇香一段愁，恼人姿态却温柔，君家谱系是彭州。 花国夸王称富贵，洛阳争价说风流，多情明月照西楼。"

点评

管遗瑞曰:《天彭牡丹谱》是陆游在淳熙五年(1178)离开成都东归杭州前夕所写的一部记载天彭牡丹的发展历史、品名种类、赏花风俗的著作,是研究天彭牡丹的珍贵资料(见《渭南文集》卷四十二)。整首词把陆游、《天彭牡丹谱》与天彭牡丹巧妙地交织在一起,写得浑然一体,意蕴深广,赋予了天彭牡丹更为丰富的涵义,立意高远。在结构上大起大落,虽是小词却气势恢宏,笔力沉著而豪迈;虽然是赓和之作,却无勉强做作之处,天机盎然,自然流畅,更为难能可贵。

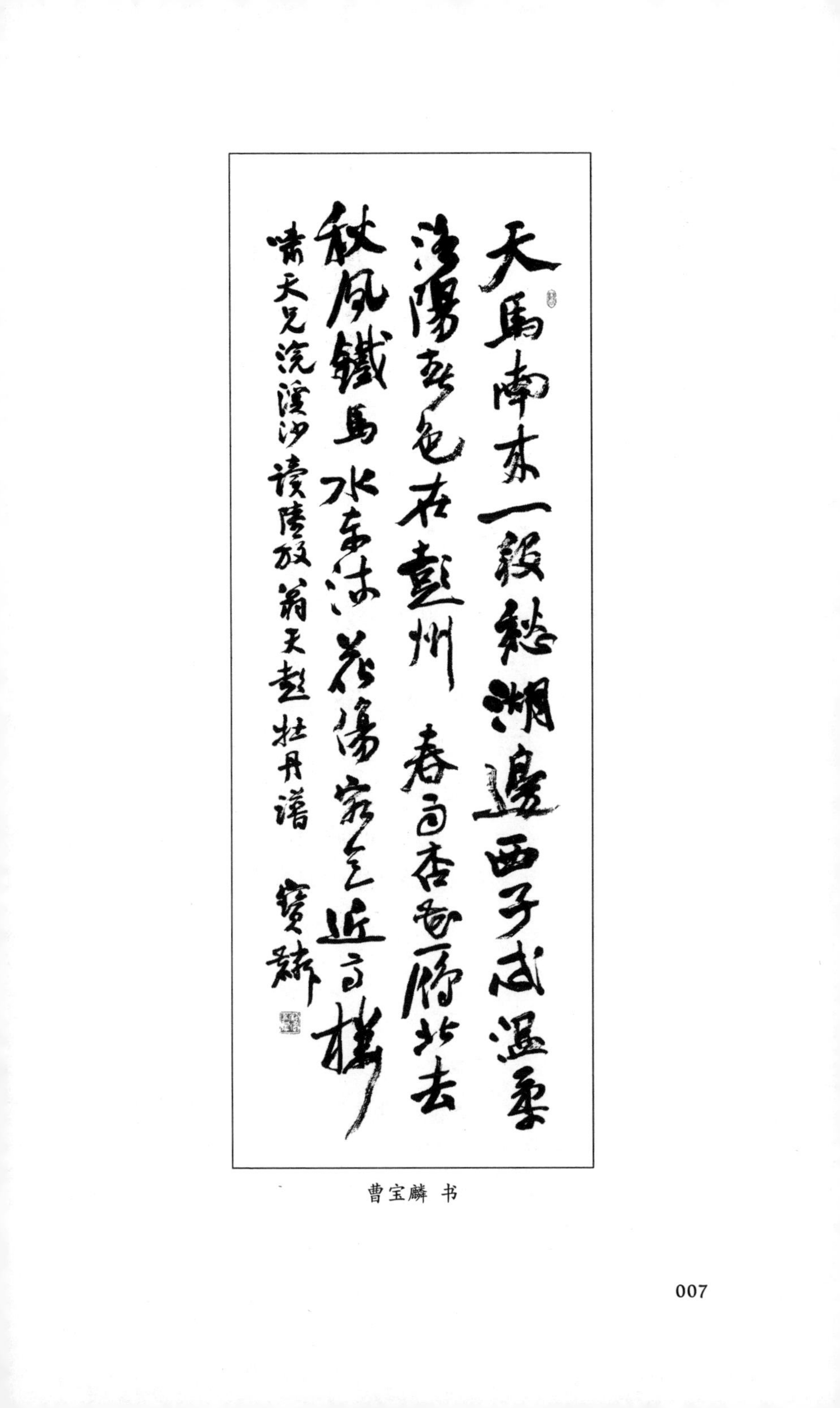

曹宝麟 书

儿童杂事（三首录二）

古绝

1986

其一

爷立儿走月即走，
儿立爷走月不走。
儿太聪明爷太痴，
月亮最爱小朋友。

自注

儿上幼稚园时，一夕散步，见天上月，忽对我说：“月亮最喜欢小朋友了。”我很惊异，要他说出道理。“不信你站着不动。”他说。等我站定，他便开跑，一边跑一边欢呼道：“月亮跑起来了！”跑了一圈，回到跟前便叫我跑，他却站定不动，笑指天上月说：“月亮不跑。”

点评

李遇春、朱一帆曰：平易浅显，宠爱儿子的父亲、自以为聪明的儿子的形象跃然纸上。诗中爷、儿、月三个视角互相转换，依稀再现了《断章》的哲理风采。

其二

始祖陵前学叩头，
故居破败家新修。
痴儿不解移民事，
已判坟中一只猴。

自 注

老家墓园中最早的一座坟，乃清初移民之祖。儿新近略知进化常识，快语道：“原来是我家的那只猿猴！”

晨起望西岭雪山

1986

入冬小雨接轻阴，
一夜寒多报可晴。
忽地平明天幔卷，
雪山一带近丹城。

自注

丹城即牡丹城，指彭州。

点评

管遗瑞曰：彭州西北部方向的岷山雪峰，冬日晴朝，空气澄澈时，但见雪峰绵亘天际，巍峨雄伟，晶莹灿烂，景色奇丽而壮美。天幔卷，指云雾散尽。他当时住在小区六楼上，可以居高望远，经常看见这奇丽壮美的景色，叹为观止。杜甫《绝句》中的“窗含西岭千秋雪”，也正是指的这片绵亘千里的大雪山。这首诗写眺望雪山的情景，一路起承转合，在天气、温度的接连变化中，迤逦渐入佳境。笔法轻灵自然，给人以韵味无尽的感觉，确是好诗。

青城后山

1987

山有幽名自古留，
前山不比后山幽。
烟云绕树花殊色，
峡谷飞湍水疾流。
栈道舆驴添雅兴，
浮生杖屦任悠游。
归来小饮泰安寺，
一夕轻雷春睡柔。

自注

谚云：“青城天下幽。”后山的龙隐峡，有栈道勾连。

陇西行

1987

河西走廊以祁连山为一壁，万里长城为一壁。余驱车前往敦煌，先宿武威（即凉州），归途于酒泉参观夜光杯厂。

乘兴南来欲问边，
河西丝路傍祁连。
数峰犹带千秋雪，
一壁残存万里鸢。
大漠孤烟临属国，
边陲筚路吊张骞。
今宵唱彻凉州曲，
杯碰夜光邀月圆。

自注

王维《使至塞上》："单车欲问边，属国过居延……大漠孤烟直，长河落日圆。"

点评

李遇春、朱一帆曰：颔联的"数

峰”“万里”紧承首联的“傍”，诗歌雄健气势强力贯穿两联。同时，巧妙地借助“雪”“鸢”等自然物象呈现祁连山的壮阔景象，也令人称道。而且“千秋”与“万里”的豪迈对仗，赋予了诗歌更加雄壮的气势。颈联“边陲筚路吊张骞”则陡然缩小视野，气脉一变，让人在气势横生的开阔视野中，俯身低就、仔细品味个体人生际遇。尾联则又拓展视野，在“唱彻凉州”的博大雄浑情怀之中，以碰杯话月圆结尾，使得全诗余韵悠远。

王仲镛曰：清新中有伉爽之气，诗笔益见老成。

纽扣辞

1988

解解系系解，系系解解系。朝系夕必解，夕解朝还系。解是系者解，系自解者系。解则由他解，系还任我系。不系即不解，善解长善系。

自注

韵度本清初无名氏《剃头诗》：“剃剃头头剃，头头剃剃头。有头皆须剃，不剃不成头。剃自由他剃，头还是我头。且看剃头者，人亦剃其头。”附夏衍拟作《整人诗》云：“整整人人整，人人整整人。有人皆须整，不整不成人。整自由他整，人还是我人。且看整人者，人亦整其人。”

雅安行

1989

炼石补天余一方，
雨城牵梦岁华长。
时将大雪摧残叶，
车过名山见夕阳。
十里滩声岚气湿，
四围巘色水风凉。
夜来客舍重衾薄，
无奈鸳鸯瓦上霜。

自注

“大雪”指节气，“名山”为雅安市县名。白居易《长恨歌》：“鸳鸯瓦冷霜华重，翡翠衾寒谁与共。”

曹宝麟 书

一剪梅·重访狮子山

1993

弹剑当年奏苦声，不愿他生，惟愿今生。来逢千里共长行，窗外眸明，柳外花明。

十载萍踪访旧程，鬓尚青青，树尚亭亭。芙蓉城到牡丹城，去也关情，住也关情。

自注

李白《行路难》(其二)：“弹剑作歌奏苦声，曳裾王门不称情。”温庭筠《南歌子词》：“井底点灯深烛伊，共郎长行莫围棋。”李肇《国史补》卷下：“今之博戏，有长行最盛。其具有局有子，子有黄黑各十五，掷采之骰有二。”陆游《游山西村》：“山重水复疑无路，柳暗花明又一村。”归有光《项脊轩志》：“庭有枇杷树，……今已亭亭如盖矣。”芙蓉城指成都，牡丹城指彭州。

点 评

赵义山曰：此词所怀者，为在四川师大旧校区狮子山的往昔情遇。作者二十世纪八十年代初研究生毕业曾供职于此，十年后旧地重游，心生感概，遂做词以记之。上片一起笔用冯谖弹铗而歌之典，暗示当时处境拮据，即便如此，却“不愿他生，惟愿今生”。为什么？后面三句便是答案。“窗外眸明，柳外花明”，正是因为窗外人、花相映的美景中那一双含情脉脉的明眸，令人魂消魄动，才让人对“今生”如此执著依恋！不仅是千里有缘来相逢的情遇，还是日后“共长行”的伴侣，所以当年虽然暂时困顿于此，但亦结缘于此，情遇于此，所以不仅无憾，反而有甜蜜之忆了——这便是此作虽然感旧，但并不伤今之缘由。下片叙旧地重游所见所感，“十载萍踪”一句融汇着今昔之感。所幸当年柳暗花明之“树尚亭亭”，所恋之人与自己，也都还“鬓尚青青”，那应该得益于两情相悦之真爱的滋养吧。下面“芙蓉城到牡丹城”，即以从成都到彭州（即天彭牡丹之城）的工作和生活地点的变迁，点明“十载萍踪”之踪迹，用两城之市花分别代指两城，诗意盎然；最后收结于“去也关情，住也关情”，点明当年去蓉城而往彭州，都是因为那一怀真情！此词在怀旧感今中将人生难得的真情挚爱表现得婉转动人，其人与境的映衬、情与景的融合、今与昔的对比，以及全词每个韵段中两个四字句之韵脚的反复或重叠，都表现出娴熟高超的技巧。

邹忌

1993

举世凭谁定是非，
妻之美欤妾之私。
纵闻客对色潜喜，
不若徐公览镜知。

自注

邹忌讽齐王纳谏，事见《战国策·齐策一》。

席上听陈智林唱望娘滩

1997

世上谁无母，
孽龙乃望娘。
一滩成一望，
二十四滩长。
三月悲失恃，
故里遇陈郎。
为我讴此曲，
余音飞绕梁。
百岁杨公犹落泪，
何况冰炭在吾肠。

自 注

陈智林尝为杨尚昆同志唱此曲。

浣溪沙·九眼桥望合江亭

1997

又值风清月白时，书传云外梦先知。绿窗惊觉细寻思。

亭合双江成锦水，桥分九眼到斜晖。芳尘一去邈难追。

自注

合江亭在成都东南，靠近九眼桥。唐韦皋镇蜀时所建，两江于亭下汇合，始称锦江。桥之故址在合江亭与望江楼之间，今已移往下游。贺铸《青玉案》："但目送，芳尘去。"

点评

管遗瑞曰：作者尝说，倚声填词如何填，是先找词牌，比着词谱往里装字？此笨伯之所为也，没有凑句才怪。填词的不二法门是：后找词牌。先得好句，然后根据所得之句，回头去找适合的词牌。比如这首词写怀人，先将九眼桥、合江亭做成一个对子，合江亭、九眼桥皆成都本地风光，略加点化，居然俊语。一看，应该是《浣溪沙》过片的句子。于是上下展开，足成一词，居然佳作。

顾妙林 书

太傅里

1998

少年流沫诵过秦，知君才调更无伦。
我来长沙访胜迹，市人久忘贾谊名。
沿街按图索骐骥，依稀认得太傅里。
室内岂有芝兰香，墙外竟成鲍鱼肆。
薜荔遗矢瓦砾堆，中有国字文物碑。
紧邻时相富春宅，奕奕形象生光辉。
出门搔首复踟蹰，野鸟入室主人非。
空龛小坐聊自拍，乘兴而来兴尽归。

自注

太傅里在长沙，贾谊故宅也。李商隐《贾生》：“宣室求贤访逐臣，贾生才调更无伦。”贾谊《鵩鸟赋》：“野鸟入室兮，主人将去。”《世说新语·任诞》王子猷语：“吾本乘兴而行，兴尽而返，何必见戴？”

赠罗志才

1998

感君说项愧虚名，
实自不符情自真。
诵我新诗皆少作，
贪他墨宝似佳人。
丽而有骨方称艳，
富到惟钱却是贫。
事职为官须缩手，
渔樵都市喜抽身。

自注

志才曾任镇委书记、建委主任，常诵《红楼梦》“身后有余忘缩手，眼前无路想回头”二语以自警。韩愈《崔十六少府摄伊阳以诗及书见投因酬三十韵》：“为官不事职，厥罪在欺谩。”

柳梢青·三苏祠

2000

三苏名重，岷江源远，眉山如画。遥想当年，一门双桂，伊人初嫁。

去来弹指匆匆，惜风月，悠闲无价。唤起词仙，衔杯屏妓，为予清话。

自注

《茶余客话》："东坡生平不耽女色，而亦与妓游。凡待过客，非其人，则盛女妓丝竹之声，终日不辍，有数日不接一谈，而过客私谓待已之厚。有佳客至，则屏妓衔杯，坐谈累夕。"

点评

滕伟明曰：周啸天集子里也有很传统的东西，如此词措语就很典雅清丽。不过周啸天有自己的风格，姑且叫作"欣托居体"罢，而"欣托居体"恰恰要用他的另类诗来说明。

三蘇名重岷江源遠眉山如畫遥想當
年一門雙桂伊人初嫁去來彈指多多惜
風月悠閒無價喚起詞僊衙孟屏妓為
予清話

録周嘯天先生詞一首 蜀中山川風物溜然筆端 乙未冬日書于古陵州 段勛

段勋 书

渠县二中歌

2000

城南三雍昔同梦，共创来仪期鸣凤。
铁佛寺废作二中，百年树木几成栋。
我上初中逢荒年，第一堂课即劳动。
肩能挑抬书包轻，圃余读书最受用。
佳谶铜鱼中坝长，绿荫绕舍师资良。
文选慷慨课余借，挑灯一目能十行。
诸生插班欲补课，乞与教案亦无妨。
时抱长饥亲糜粥，馋来书作菜蒸肉。
怜儿画饼难充饥，一笑相宥如舐犊。
石如枕肱乐金石，化平挥毫绘梅竹。
墙报斐然着新诗，耳濡目染即美育。
谆谆循循恩难忘，中秋授饼敢先尝。
红纸包之云匪报，夜来翻作鼠耗粮。
刘公掌校年而立，勉以此日足可惜。
当时不作耳边风，至今尚假神通力。
焉知契阔四十载，公至古稀仍未歇。
退休归去作经理，犹为社会献余热。
世纪悲欢逐逝波，命我来作二中歌。
说与年少如隔世，耆旧凋零已无多。
君子学不可以已，推恩愿及二三子。

自 注

《渠县志·教育》：民国三十二年，渠南乡绅雍熙文、雍正南、雍砚溪等集议，由雍氏家族捐资办学，取《尚书·益稷》“凤凰来仪”之义建来仪中学，校址初设城南乡邓家店，继迁县城南桥铁佛寺，民国三十七年始招高中班，成为渠县第二所完全中学。二十世纪五十年代初，来仪与楠煊中学合并，改名来楠中学。后转公办，即渠县第二中学。铜鱼滩在县城南三里江中，地近二中。谚云：“铜鱼滩声吼，士子占科首。”诗中提到的几位老师：李斐然、杨石如、朱化平，皆已去世。

点 评

章继肃曰：诗中提到的诸位老师，多为我所认识。尤其是朱化平先生，是我渠中读书时学篆刻的启蒙老师；多年以后又共事于渠中母校，常聆其亲述拳脚斗殴之事，快人快语，记忆犹新。读“耆旧凋零”句，感慨系之矣。

永遇乐·驾校

2001

世纪之交，复关在即，驾校人气。大道如天，寰球愈小，咫尺天涯是。翩翩白领，纤纤玉指，有女同车试艺。笑冯谖、无鱼客里，高歌弹铗风味。

槐荫树底，素瓷静递，次第车停车起。诲汝谆谆：欲达勿速，出入平安遂。心宽于路，间可游刃，一似行云流水。载驰乐、桑林妙舞，中经首会。

自 注

世贸组织是在关税与贸易总协定（1947）的基础上建立的，中国为缔约国之一，故称加入世贸组织为“复关”。《诗经·卫风·氓》：“既见复关，载笑载言。”《诗经·郑风·有女同车》：“有女同车，颜如舜华。”《战国策·齐策四》：冯谖寄食孟尝君门下，居有间，倚柱弹其剑，歌曰：“长铗归来乎，食无鱼。”左右以告。孟尝君曰："食之，比门下之客。"居有顷，复弹其铗，歌曰："长铗归来乎，出无车。"左右皆笑之，以告。孟尝君曰："为之驾，比门下之车客。"《论语·子路》："欲速则不达。"《宋史·苏轼传》载苏轼语：作文如行云流水，初无定质，但常行于所当行，止于所不可不止。《庄子·养生主》："彼节者有间，而刀刃者无厚；以无厚入有间，恢恢乎其于游刃必有余地。""载驰"为《诗经·鄘风》篇名。《庄子·养生主》："庖丁为文惠君解牛，手之所触，肩之所倚，足之所履，膝之所踦，砉然响然，奏刀騞然，莫不中音。合于《桑林》之舞，乃中《经首》之会。"

点评

管遗瑞曰：既交代了驾校兴旺的历史机缘及交通便利缩短了人间距离的时代感，又写出了驾驶的要领和乐趣，其中点染以"无车弹铗怨冯谖"的典故。写时兴致高，读时便有味。词中多处语典，都用得恰切，足见措语之妙。

李遇春、朱一帆曰："世纪之交""复关在即""驾校人气""寰球愈小""翩翩白领""出入平安"等口语化的市民语言，给人以前所未有的亲切感、平常感。口语的简单与干净，呈现了书写对象"驾校"的"本真"状态。不应忽视的是，诗中也夹杂着少量古语，诸如"有女同车""中经首会"等。它们并不是诗人在创作时不小心流露出的“遗老遗少”情结，而是一种向古典诗词致敬的解构方式。即通过在口语中穿插自成一境的古语，一方面向自足的古典诗歌语言表达自己的崇敬之心；另一方面，古语在口语化诗语的强烈冲击下，背后的既有古典诗歌意蕴被解构。最终，体悟趋同、经验共享、建立在集体经验基础之上的鲜活口语，建构起了生机盎然的现代诗歌世界。

洗脚歌

2002

昔时高祖在高阳，乱骂竖儒倨胡床。
劳工近世闹翻身，天下久无洗脚房。
开放之年毛公死，香风一夕吹十里。
银盆滑如涧底石，兰汤浑似沧浪水。
健身中心即金屋，中有玉女濯吾足。
大腕签单既得趣，小姐收入颇不俗。
别有蜀清驻玉趾，转教少年为趋侍。
游刃削足技艺高，捏拿恭谨如孝子。
君不闻钱之言泉贵流通，洗与为洗视分工。
沧桑更换若走马，三十河西复河东。
尔今俯首休气馁，侬今跷脚聊臭美。
来生万一作河东，安知我不为卿洗。

自注

《史记·郦生陆贾列传》：沛公至高阳传舍，使人召郦生。郦生至，入谒，沛公方倨床使两女子洗足，而见郦生。郦生入，则长揖不拜，曰："足下欲助秦攻诸侯乎？且欲率诸侯破秦也？"沛公骂曰：

“竖儒，夫天下同苦秦久矣，故诸侯相率而攻秦，何谓助秦攻诸侯乎？”郦生曰：“必聚徒合义兵诛无道秦，不宜倨见长者。”于是沛公辍洗。《孟子·离娄》：“沧浪之水浊兮，可以濯我足。”《汉武故事》：“若得阿娇作妇，当作金屋贮之。”《史记·货殖列传》：巴蜀寡妇清，其先得丹穴，而擅其利数世。清，寡妇也，能守其业，用财自卫，不见侵犯。鲁褒《钱神论》：“钱之为言泉也，无远不往，无深不至。”

点 评

王蒙曰：能以时下足浴——脚按摩为题材入诗，已属绝伦。此亦大俗若雅，大雅若俗，腐朽神奇，全在一心之证。高祖高阳（见《史记·郦生陆贾列传》），蜀清玉趾（秦时富婆，见《史记·货殖列传》），沧浪之水（见楚辞《渔父》），更换走马（见李贺诗），皆有典有据有味。

赵义山曰：开篇出人意表，从汉高祖在洗脚时接待高士郦食其的事说起，其意在表明，昔日有女郎侍候、倨床洗脚的帝王享受，现在也已成为寻常百姓事了！由此间接地表现出国民生活水平的提高。接着从不凡的洗具陈设，以及泡洗、修脚、按摩等详写被服务过程，读到“银盆滑如涧底石，兰汤浑似沧浪水。健身中心即金屋，中有玉女濯吾足”“游刃削足技艺高，捏拿恭谨如孝子”诸句，可见作者歌行中一贯的谐趣本色。至“洗与为洗视分工”之后，则转为人生感概，在“尔今俯首休气馁，侬今跷脚聊臭美。来生万一作河东，安知我不为卿洗”的抒写中，诗人放下了浅薄消费者常有的倨傲之态，而以平视的目光，给社会底层的服务者以应有的理解与尊重，平凡的诗句中，显现了人性的光芒。

滕伟明曰：能把“大腕”“跷脚”“臭美”等字眼与“竖儒”“金屋”“蜀清”等字眼整合在一起，这需要多大的功力！就说“河东”一词，出现了两次，意思不同，作者不加说明，可见相当自信。作者腹笥甚广，却努力创新，努力与新诗看齐，这种勇气是值得称道的。

隐私歌

2002

沉寂八年的英儿携新作《爱情伊妹儿》公开亮相，各报皆炒。

隐私快意人人有，古来惟恐他人丑。
孔圣犹言天厌之，君子往往杜其口。
域外久传狗崽名，刨人隐私如祖坟。
王子摇手戴妃避，酿成车祸丧天人。
域内卫慧与棉棉，擦边好作风月谈。
体为小说自可恕，怜尔新锐属少年。
诗人发白徐娘老，携手欲效百年好。
不将浓情归平淡，翻与好事媒体炒。
云是初从舞会识，后来避趋激流岛。
岛上之人又已婚，遂从老外了未了。
顾城冲冠为红颜，当时遗书海内晓。
爱情幸托伊妹儿，两地书成销路好。
吟发飘萧助签售，英儿再出风头饱。
特稿刊登图片大，梁祝愕眙崔张怪。
词中有誓两心知，广传未必即佳话。
经济体制转轨时，文化市场赖引资。
无形资产及时用，书生迂谈付一嗤。

自 注

《论语·雍也》：“子见南子，子路不说。夫子矢之曰：‘余所否者，天厌之，天厌之。’”白居易《长恨歌》：“临别殷勤重寄词，词中有誓两心知。”

点 评

丁淑梅、黄晋卿曰：商业社会中，个人的自尊、情感隐私都可以成为招摇炒作的卖点。《隐私歌》大胆涉足此类复杂且有争议的话题，并加以评判和议论，从已故著名诗人顾城的情人李英儿在顾城夫妇去世八年之后，出书叙述情感经历并且公开亮相这一事件切入，联系到曾经的前卫女作家卫慧、棉棉的私人小说，探讨现代社会中的隐私问题。狂热的追踪隐私和暴露隐私是两位一体的，这一现象表现了现代生活的苍白空洞，甚至畸形的一面。诗中还援引戴安娜王妃被狗仔追袭而身亡的事件作为警醒。“词中有誓两心知，广传未必即佳话”可称精辟。人性的幽邃之处，不说穿、不道破，适可而止，心领神会，体现了古典式的相处方式和对人格的尊重。《隐私歌》写于2002年，但现实意义很大，打开电脑和手机，观诸新闻，仍多是明星隐私类居榜首头条，人心的无聊低俗可见一斑。此种风气应加荡涤。

牧马山庄

2002

清时有味胜无聊，
诗律棋牌各细敲。
牌到和时律已就，
一时兴会两相高。

自注

杜牧《将赴吴兴登乐游原一绝》：“清时有味是无能，闲爱孤云静爱僧。”

人妖歌

2003

京剧旦行梅派工，越剧小生范徐红。
反串之妙补造化，何须台后辨雌雄。
五色灯光人其颀，初见烟雾蒙玉质。
回眸启齿略放电，伴舞女郎失颜色。
一身宛转二重唱，男声浑厚女声泣。
美发一挥何飘柔，踏摇四体皆魅力。
人妖本出里巷中，父母养儿为济穷。
勾栏一入深如海，绝世无由作顽童。
心性先从教化改，形体渐受荷尔蒙。
吞声学艺近残酷，不比寻常事委曲。
注射自戕违养生，服食尤惜年光促。
年光促兮终不悔，惟效昙花放异彩。
竞技选美作生涯，舞台得有绚丽在。
观光客自天外来，一方经济为翻倍。
舍身奉献非凡庸，我诚敬畏讵宽容。
漫哂琉璃不坚牢，尔曹百岁总成空。
亭亭净植宜远观，尤物从来拒亵玩。
海外归为知者道，莫使逢人作奇谈。

自注

“范徐”指范瑞娟、徐玉兰，女子越剧表演艺术家，工于生行。《诗经·卫风·硕人》：“硕人其颀。”杜甫《自京赴奉先县咏怀五百字》：“中堂舞神仙，烟雾蒙玉质。”人妖表演有节目名ONE MAN-WOMAN为独角戏，演员将身体的一半化妆为男、一半化妆为女，两面可交替呈现、亦可呈现为男女拥抱状，伴以男女声对唱的方式，演绎恋爱故事。“飘柔”为洗发露名。“踏摇娘”乃南北朝到唐代的一种歌舞性戏剧表演名称。白居易《简简吟》：“大都好物不坚牢，彩云易散琉璃碎。”周敦颐《爱莲说》：“香远益清，亭亭净植，可远观而不可亵玩焉。”

点评

杨景龙曰：周啸天之歌行以纵恣之笔，铺陈排比，描画叙议，有必达之情，无难言之隐。虽多杂嘲戏，而美刺比兴，时有寓焉。或于篇中夹杂提点，或于篇末卒章显志，有为之作，非同泛泛。《洗脚歌》《人妖歌》二首，曾被王蒙推为“绝唱”。《人妖歌》取材更新，寄意更深。此歌从国内剧种诸如京剧、越剧的角色性别反串切入，类比人妖的雌雄双性，提醒好奇的国人观看演艺之妙即可，不必斤斤于艺人的性别变易。处理此等不易处理之特殊题材，破题即能揭出正义，确非俗手可办。但人妖表演毕竟是富于刺激性的声色之娱，不能流于刻板的道德说教，所以“五色灯光”以下八句，描写人妖形貌之美艳，歌舞之魅惑，笔法恣肆，极尽夸饰形容之能事。尤其是“回眸启齿略放电，伴舞女郎失颜色”二句，无限撩人，表演者虽不专于一人，但每一个观众都会产生色授魂与、如同过电的微妙战栗感。然后转笔交待人妖出身穷苦，为生计所迫，注射药物，逆天变性，这些艺人不惜自促年寿，为家庭挣收入，为观众奉绝艺，为经济作贡献。在此充分铺叙的基础上，结尾八句作翻案文章，认为人妖是“舍身奉献”者，他们绽放绚丽光彩的短暂舞台生涯，远远胜过碌碌无为长命百岁。作者于此亮明自己的态度：对于人妖不仅宽容而且敬畏，并提醒观众升华自己的审美趣味和精神境界。这就从根本上颠覆了世俗社会对于人妖的认知和判断。这首《人妖歌》的取材，亘古未有，然犹在其次。可贵者在于写此娱乐时代扭曲人性之变态奇事，而不猎奇炫异，不油滑调侃，不亵秽猥琐，歌中有一种深厚的理解体贴之同情在，闪耀着良善者温暖的人性光辉。

滕伟明曰：对“人妖”，人们大多是鄙夷的，不屑一顾的。但“人妖”也是人，作者是以博爱平等的情怀去表现他们的，绝非骂题，此之谓“人文关怀”，恰恰是值得赞许的。

王蒙曰：《人妖歌》是仁者之诗，关注现实。既幽默，又很雅。奇诗奇思，真绝唱也。

听王蒙讲座感赋

2003

师大礼堂无虚席，大师咳唾颇解颐。
点窜玉溪锦瑟字，凿空乱吐葡萄皮。
茂陵秋风巴山雨，南国妖姬丛台妓。
宦海情天两失落，应是义山无题始。
玉溪为诗最无端，一篇锦瑟解人难。
云无达诂无还有，毛郑功臣在赭山。
汉诗主流推乐府，万事从来存变数。
少陵颇有醉时歌，太白解为丁都护。
乐天讽谕贵事时，杰作洵属长恨诗。
一曲弥漫花非花，他生宁为义山儿。
君不见润之草书妙入神，出入怀素意纵横。
意气判不容后主，闲来也书虞美人。

自注

师大指安徽师范大学。李白《妾薄命》：“咳唾落九天，随风生珠玉。”李商隐《韩碑》：“点窜《尧典》《舜典》字，涂改《生民》《清庙》诗。”按王蒙点窜《锦瑟》版本有三，其一曰：“锦瑟蝴蝶已惘然，无端珠玉成华弦。庄生追忆春心泪，望帝迷托晓梦烟。日有一弦生一柱，当时沧海五十年。月明可待蓝田暖，只是此情思杜鹃。”绕口令云：“吃葡萄的不吐葡萄皮，不吃葡萄的倒吐葡萄皮。”李商隐《上河东公启》：“至于南国妖姬，丛台妙妓，虽有涉于篇什，实不接于风流。”李商隐《锦瑟》：“锦瑟无端五十弦，一弦一柱思华年。”“毛郑功臣”指安徽师大刘学锴、余恕诚先生，合著有《李商隐诗歌集解》《李商隐文编年校注》《李商隐资料汇编》等。《醉时歌》为杜甫诗，而风格接近李白诗。《丁都护歌》为李白诗，而内容接近杜甫诗。白居易《与元九书》：“文章合为时而著，歌诗合为事而作。”《花非花》为白诗之近李商隐者。《唐才子传》一七七：乐天老退，极喜李商隐文章，曰：“我死后，得为尔儿足矣。”

张大千歌

2003

板桥白石慕青藤，门下九原为走狗。
汪生顶礼张大千，三向摩耶精舍走。
传真自是有心人，数据抖落第一手。
赚取大千下圣坛，人得引为先生友。
先生甚有女人缘，百年缔结神仙偶。
长善交游饱观姿，坐中画上一相守。
先生颇嗜烟火食，煮鸡炖鱼佐美酒。
不负风清月白夜，主人饕餮客长寿。
先生玩票类发烧，美须飘萧胜髯口。
寓形宇内复痴绝，笔冢寻常行处有。
卜居精心治园林，广蓄花草亲禽兽。
醉来自诩颇精鉴，法眼看低专家首。
专家何如制赝人，爱我君子知其丑。
本是内江一狂生，当年兀兀走风尘。
莫高窟中来面壁，遂使季爰受重名。
岁晚泼彩更变法，五百年间为画魂。
时人休徒生羡艳，艳福元自修炼成。
高山仰止从此始，学莫便乎近其人。

自注

《走近张大千》作者汪毅赠书索句，因以付之。郑燮《范县答无方上人》：“燮平生最爱徐青藤诗，兼爱其画，因爱之极，乃自治一印曰‘徐青藤门下走狗’。”齐白石诗：“青藤雪个远凡胎，老缶衰年别有才；我欲九原为走狗，三家门下转轮来。”青藤，明代著名诗人画家徐渭号“青藤老人”。摩耶精舍乃台湾张大千故居宅名，后辟为张大千纪念馆。摩耶，释迦牟尼之母，佛典谓其腹中有三千大千世界。张大千早年因未婚妻谢舜华病逝，于江苏松江县禅定寺削发为僧，法号“大千”，后还俗，一生凡数娶：廿一岁于内江娶曾正容；三年后再娶黄凝素；廿九岁时赴朝鲜游金刚山，结识韩女池凤，一见钟情，为其易名“春红”；卅五岁在北平三娶杨宛君，次年同游莫干山；五十岁时在成都终娶徐雯波。徐悲鸿《张大千：五百年来第一人》：“大千蜀人也，能治蜀味，兴酣高谈，往往入厨作羹飨客，夜以继日，令失所忧。”郑逸梅《艺林散叶》七八九：“张大千自诩最擅烹调，尤以煮鸡及炖青鱼，别饶风味。”《走近张大千》书中收有张大千票戏（《春香闹学》）照片两帧。张在巴西、美国故居分别筑有笔冢。徐悲鸿《张大千：五百年来第一人》：“大千往还，多美人名士，居前广蓄瑶草琪花，远方禽兽……大千浸淫其中，放浪形骸，纵情挥霍。”张自谓其鉴定本领胜于绘画。按其早年仿石涛画，颇能乱真。张学良曾购得石涛画一幅，大千谓为伪作，即大千摹制也。事闻香港凤凰台《世纪行过》。张于1941年赴敦煌莫高窟临摹壁画，尝为窟室编号，墨迹至今存焉。1943年起，先后在兰州、成都、重庆举办《张大千临抚敦煌壁画展览》，轰动一时。张初名正权，冠年师事海上曾熙，曾为取名蝯，后改为爰，亦名季爰。

酬雍先生赠野鹤集

2003

在昔风骚皆善怨，
怨真实录亦成诗。
谁挥白发老夫泪，
自纂黄绁幼妇词。
野鹤闲云倾浊酒，
涌泉滴水报清时。
人间信是晚晴好，
梦笔宜留到耄期。

自注

《论语·阳货》：“诗可以兴，可以观，可以群，可以怨。”李白《古风》：“哀怨起骚人。”晋裴启《语林》：曹公至江南，读曹娥碑文，背上别有八字，其辞云：“黄绢幼妇，外孙蒜臼。”曹公见之而不解，而谓德祖：“卿知之否?”德祖曰：“知之。……谓‘绝妙好辞’。”宋阮阅《诗话总龟》三十引《古今诗话》略云：贯休尝以诗投吴越王钱镠，中有“一剑霜寒十四州”之句，镠论改为“四十州”乃得相见，休曰：“州亦难添，诗亦难改，然闲云孤鹤，何天而不可飞。”谚曰：“滴水之恩，当涌泉相报。”李商隐《晚晴》：“天意怜幽草，人间重晚晴。”五代王仁裕《开元天宝遗事》：“李太白少时，梦所用之笔头上生花，后天才赡逸，名闻天下。”《太平广记·梦二》载江淹少时，梦人授以五色笔，故文彩俊发。《南史·江淹传》：“尝宿于冶亭，梦一丈夫自称郭璞，谓淹曰：‘吾有笔在卿处多年，可以见还。’淹乃探怀中得五色笔一以授之。尔后为诗绝无美句，时人谓之才尽。”《礼·曲礼上》：“八十九十曰耄。”

点 评

管遗瑞曰：这首律诗写得流畅而清新，“谁挥白发老夫泪，自纂黄缣幼妇词”对仗工整而意脉连贯，感慨系之。推敲而不用劲，有妙手偶得之感。语典本作“黄绢”，“绢”字仄声，故易作“缣”（细绢）。

葡京赌城

2003

人生何处无博弈，胜败由来事不期。丈夫赌命报天子，股市平地有险巇。曾经沧海伤怀抱，荡子归来天欲老。邓公一言九鼎重，五十年间马照跑。东方赌城数葡京，葡京风水甲澳门。年输巨亿作国帑，赌王乃能均富贫。殿堂中西聚文物，件件美奂连城璧。七尺珊瑚只自惭，石崇休夸富敌国。门前居民迹如扫，挥金强半大陆客。海角归来说双规，使我达官失颜色。

自注

澳门以博彩业为主要经济支柱，赌城即葡京酒店，在澳氹大桥北端。赌城与美国拉斯韦加斯齐名。杜牧《题乌江亭》："胜败兵家事不期。"李白《送外甥郑灌从军》："丈夫赌命报天子。"闻一多有《七子之歌》，"荡子"谓澳门。李贺《金铜仙人辞汉歌》：“天若有情天亦老。”1987年邓小平会见香港特别行政区基本法起草委员会委员并讲话指出：“香港回归后五十年政策不变。舞照跳，马照跑。”“对香港的政策不变，对澳门的政策也不变。”

点 评

滕伟明曰：此诗是多主题的（一国两制、澳门福利、贪官双规），是冷静观察的，是从容叙事的。作者故意把复杂的说简单。他用了很多典故，例如“曾经沧海难为水”“荡子行不归”“天若有情天亦老”“石崇斗富”等等，但都作了最大程度的降解，“努力与新诗看齐”，我认为他是成功的。

王蒙曰：难得的是此诗既以豁达的心态肯定了一国两制条件下澳门博彩业的正面意义，又严厉讽刺了大陆客到澳门参赌的不良现象，最后两句调侃中锋芒毕见。

澳门观舞

2003

西画基础是人体，国画极诣在山水。
伊人颇具丘壑趣，远山亦饶曲线美。
康康旧出红磨坊，绝技远播到南洋。
窈窕种属法兰西，能作浑脱艳舞狂。
摐金伐鼓庶孽孽，踢踏变幻作队列。
军容整肃到靴帽，两点露处胴体白。
愿化轻罗绕腰身，河汉星稀见月明。
沧海月明开老蚌，鲛泪珠人费奇想。
须臾又化为蜘蛛，便向遥空布情网。
柔情更有美人鱼，明缸起舞得宽余。
清水芙蓉挺天姿，比丘浮水一轩渠。
见说九九区旗改，贵人临退三喝采。
晚宴一曲达高音，始知乃公豪兴在。
百年豪兴能几何，欢乐极兮悲情多。
五柳解吟闲情赋，平子能唱同声歌。
同声歌兮歌烂漫，闲潭落月春已半。
我生何为言少钱，古来容光人所羡。

自注

“红磨坊”乃巴黎夜总会。十九世纪末由著名剧团主持人奇德莱尔、奥莱尔创建于蒙马尔特（在巴黎城北），初以拉格留代表的四人舞著称，后以“康康舞”（艳舞）闻名于世。今为影都，尚部分保留着舞场原貌。高适《燕歌行》：“摐金伐鼓下榆关。”《诗经·卫风·硕人》：“庶姜孽孽。”泰缅边界有“尼姑浮水”表演节目。《后汉书·方术传》：“轩渠笑悦。”汉武帝刘彻《秋风辞》：“欢乐极兮哀情多，富贵几时兮奈老何。”陶渊明《闲情赋》：“愿在衣而为领，承华首之余芳……愿在裳而为带，束窈窕之腰身。”张衡《同声歌》：“思为苑蒻席，在下蔽匡床。愿为罗衾帱，在上卫风霜。”李白《将进酒》：“主人何为言少钱。”刘希夷《公子行》：“古来容光人所羡，况复今日遥相见。”

点评

管遗瑞曰：诗从中国画表现山水美，西画表现人体美，而人体美与山水美统一为自然美说起，着眼于舞蹈美感，亦可谓思无邪矣，艳而不亵，所以为佳。

泰国行

2003

诚有书生不出门，出门即作万里行。
若非一国施两制，儿曹哪得好心情。
久传南亚有佛国，况闻泰女天下白。
我辈此日成老外，小平真能尊中国。
柚木一色古行宫，帝王奢靡夷夏同。
昼上佛堂礼经忏，夜接玉女洗芙蓉。
邻邦峻法无复加，初聚人妖出如花。
资政一纸逐客令，肥水直流泰王家。
途中逆旅皆星级，导游时指红灯区。
知有河豚未敢尝，归来依旧一床书。

自 注

谚云：“秀才不出门，能知天下事。”又：“读万卷书，行万里路。”“好心情”乃旅游团名。泰国号称佛国，佛寺之多，甲于南亚。杜甫《壮游》：“越女天下白，鉴湖五月凉。”泰国五世王行宫，清一色柚木做成，用木钉，绝寸铁。泰人皆须有出家为僧之经历，虽帝王而莫外。人妖为泰国赚取了可观的外汇，人称“无烟工业”。

吴伟业《圆圆曲》："侯门歌舞出如花。"卢照邻《长安古意》："寂寂寥寥扬子居，年年岁岁一床书。"

点 评

管遗瑞曰："我辈此日成老外，小平真能尊中国"是庄语；"知有河豚未敢尝，归来依旧一床书"是谐语。庄谐兼施，此之谓也。

悼哥哥

2003

世间废物多不死，天生俊彦天丧之。
嫒嫒抱子不忍别，马华辍操缘数奇。
噩耗又传愚人节，海湾惊尘犹溅血。
港岛沙士方流行，股市迷魂招不得。
星运几经浪淘沙，焉能轻辞旺角月。
遗书家人不得披，非花非雾一团谜。
古诗虽云歌者苦，如君岂伤知音稀。
陆海歌迷共垂泪，旋见光盘涨如飞。
楼头坠絮已无语，帘外冷风继续吹。
哥哥不复为情困，万里云霄一蝶衣。

自注

“哥哥”为张国荣小名。《红楼梦》卅九回：贾母自嘲道：“什么福，不过是个老废物罢了。”李嫒嫒，以扮电视剧《围城》中之苏文纨一举成名，不幸罹癌症，死时其子甫周岁。马华，健美操之推广者，以“天天五分钟”之清纯健美形象为世人所知，忽患白血病而逝。西俗以四月一日为愚人节。是日，美伊战争进入第十一天。“沙士”（SARS）即“非典型性肺炎”。张氏跳楼前留下遗书，家人决定不对外披露。坊间报传两种版本，相异甚剧。《古诗十九首》：“不惜歌者苦，但伤知音稀。”张氏最心爱的歌是《风继续吹》。张氏在国产影片《霸王别姬》中扮程蝶衣，表演入化，死竟如之。

成龙歌

2003

看《鲁豫有约》，做《成龙歌》。

世人恨子不成龙，矻矻辞章事雕虫。
狂来欲买若耶剑，散金投笔事猿公。
戏校小儿唤港生，星光初照精武门。
未嫌替身为贱役，功夫不负有心人。
生辰八字百炼功，银海痛失李小龙。
别辟蹊径舍熟路，一龙后出更英雄。
险情回回身合死，医缘每每化吉凶。
逢凶化吉有后福，自吁精彩复谁同。
古来闻有倾人城，成龙惟能倾倾城。
一息化了薛蘅芜，再息倒了林颦颦。
取次花丛每屏息，成龙惟有护花心。
四海落地为兄弟，重色轻友我不齿。
拍拖未遑语喁喁，歌后如花心欲死。
年年不见老爸面，他生不为成龙子。
飞上枝头作凤兮，望穿天涯心不悔。
梦中笑醒能几回，明朝须有明朝事。

自 注

扬雄《法言·吾子》：“或问：‘吾子少而好赋？’曰：‘然，童子雕虫篆刻。’俄而曰：‘壮夫不为也。’”李贺《南园》：“见买若耶溪水剑，明朝归去事猿公。”成龙初名陈港生。从小顽皮，被送入戏校。自谓臭武行，“没有梦想。今天有一顿好吃的饭，有个好觉睡，师傅不打我就不错了”。初拍《精武门》为特技替身演员，以认真为导演所许。李延年《歌》：“北方有佳人，绝世而独立。一顾倾人城，再顾倾人国。”《红楼梦》六五回：“自己不敢出气，是生怕这气大了，吹倒了林姑娘，气暖了，吹化了薛姑娘。”邓丽君初识成龙于美国，相约吃饭，而不及成家班兄弟，因失所欢。成龙之子房祖名儿时最大的愿望，就是有一天放学时老爸能亲自出面接他。成龙娶林凤娇，林为贤妻良母典型，口碑极佳。圈内人人都说成龙命好，“梦中都要笑醒”（梅艳芳语）。谓成龙幼年从影，年既老而不衰。清人《今日歌》：“明朝又有明朝事。”

点 评

李遇春、朱一帆曰：作者有意识地用现代意识烛照歌行体，并匠心独运地使用身体意象来营造歌行体的气势，从而使得歌行体这一古老的诗歌体裁形式焕发出了现代感。诗中由幼时“小儿”，到青年“替身”，再到成年的巨“龙”，成龙的身体意象不断强大。而诗歌的气势也在不断强大的身体意象带动下，像出弦的箭和奔腾的黄河一样，在运动中蓄积着力量，最后终如“一龙”飞天般猛烈地喷涌而出。此后，“一龙”复为凡间人，诗歌气势得到舒缓。而结尾四句“飞上枝头作凤兮，望穿天涯心不悔。梦中笑醒能几回，明朝须有明朝事”，又以凤（成龙妻林凤娇）作比成龙的身体，全诗的气势再次高扬，并达到了它的第二个巅峰。在成龙身体意象的起起伏伏之间，这首《成龙歌》的歌行体气势得到强力贯穿。

Y先生歌

2003

流沙河本名余勋坦，著《Y先生语录》。

自古读书得通人，成都今有Y先生。
迩言杂字得甚解，作书瘦硬取风神。
少谓躬逢时不忌，拈得好句辄色喜。
造化小儿诗弄人，划作右派狗不理。
罚为贱役守书城，乃效蠹鱼肄其勤。
得成字汇补段注，在劫莫逃秦火焚。
祸延慈母那便哭，痴绝红颜惜穷途。
好水好山天下有，剩男剩女世间无。
一为解匠归去来，几家高举几沉埋。
我生竟为刀锯余，忍看大柴化小柴。
故园惊蛰寒蛩鸣，迩来新诗绝无闻。
不喜大人常闭关，偶娱小我颇为文。
早起见鬼龚夫子，龙潭放尿云飞君。
时月不见Y先生，鄙吝之心竟复生。
不趋时尚且追星，对岸还有Y先生。
一只蟋蟀叫今古，真作假时假亦真。
粗茶淡饭杂时蔬，厕上床前几卷书。
兴来颜戳李敖厚，得间微挑金庸疏。
市场炒作视行情，以不行行行不行。

诗客或为门外汉，书家岂是社中人。
时人错把比庄子，心中犹有杜意存。
先生姓Y实不Y，瓦釜喧喧已雷鸣。

自注

清钱大昭撰《迩言》六卷，搜集古籍中的俗语俗事，溯其源流演变，并加考订。“杂字”指日用杂字，人人耳熟能详而未必能写者。流沙河曾做文联资料室保管员，乘便勤读不辍，撰《曹雪芹》长诗及《字海漫游》稿，皆不存。段注，指《说文解字》段玉裁注。流沙河该时期经历详《锯齿啮痕录》“回老家去劳动”“快快结婚”“大锯生涯”等节。吴一峰《远行集》载《砍柴》联句云：“烟似迷雾催人泪，砭骨寒风夜夜来。斧影刀光锯声里，大柴纷纷变小柴。”后二句为流沙河句。流沙河诗集《故园别》有诗曰《就是那一只蟋蟀》。先生淡出诗坛后，潜心学问，不乐以诗人知闻。流沙河联语：“偶有文章娱小我，独无兴趣见大人。”龚明德因集注《围城》而吃官司，先生为文为之宽解，认为为新文学小说名著出汇校本，非不必要，只是出版法规尚欠周密，蜀谚所谓“起得太早，遇见鬼了”。（《新文学札记序》）又，赠冉云飞联语云：“龙潭放尿惊雾起，虎洞喝茶看云飞。”（《虎洞喝茶看云飞》）《世说新语·德行》：“周子居常云：吾时月不见黄叔度，则鄙吝之心已复生矣。”流沙河《就是那一只蟋蟀》小序云："台湾诗人Y先生（按指余光中）说：'在海外，夜间听到蟋蟀叫，就会以为那是在四川乡下听到的那一只。'"《红楼梦》第一回："过一大石牌坊，上书四个大字，乃是'太虚幻境'。两边又有一副对联，道是：假作真时真亦假，无为有处有还无。"流沙河尝摘《庄子·逍遥游》之"日月出矣，而爝火不息，其于光也，不亦难乎？时雨降矣，而犹浸灌，其于泽也，不亦劳乎"，评点李敖。尝撰《小挑金庸》《再挑金庸》指陈其知识错误。详见冉云飞《流沙河读书生活识微》一文。流沙河尝著《庄子现代版》。《楚辞·卜居》："黄钟毁弃，瓦釜雷鸣。"

点 评

杨景龙曰：作者最擅歌诗一体，其题材的无边宽泛性与即时新闻性，文本语言风格的谐趣滑稽，使这些作品的整体美感类同本色派散曲。《Y先生歌》较有代表性。诗作抓准流沙河先生其人性格和其诗文风格的最大特点，通篇出以幽默滑稽之趣笔，亦庄亦谐，作者性格、作品风格与作品所写主人公性格及诗文风格，四位一体，完全统一。诗作对Y先生的书法字汇、人格操守、学问交游进行了正面肯定，尤其是"时人错把比庄子，心中犹有杜意存"两句，的是知己知音之间的真赏体贴之语，脱略形貌，直探心源。

挽歌诗

2003

11月25日清晨，陈永龄女士于中医学院附院投阁自尽，终年57岁。陈生前供职于校医室，人缘极佳。遗书略云：“胡涂人做胡涂事。感谢医生护士的关爱，我死，器官捐赠他人。”陈氏投阁前夕，曾通话其夫德邻，三致叮咛，语态平和如昔，故事出猝不及防。投阁前以白练自缠，故遗容如生。盖其职业习惯如此，又生性好洁如此也。

故人相见日已稀，却来天彭即如归。
王兄适与德为邻，人生幸复得贤妻。
老老幼幼能不喜，当年白衣为天使。
偶有灰心限自身，断无冷漠待赤子。
两儿长成身才退，久病恐为亲人累。
乍见狂风扬落花，我心匪石堕清泪。
胡涂事有不胡涂，人至无私遂无畏。
白练自缠似扶伤，身死肝脑不涂地。
黄叶飘萧人坠楼，质本洁来还洁去。
叮咛尚萦吾兄耳，旦夕穷壤永幽闭。
长忆天彭为客时，推食食我语依依。
怎忍吾兄对空室，头白鸳鸯失伴飞。

自 注

《孟子·梁惠王上》：“老吾老以及人之老，幼吾幼以及人之幼。”《诗经·邶风·柏舟》：“我心匪石。”杜牧《金谷园》：“日暮东风怨啼鸟，落花犹似坠楼人。”《红楼梦》廿七回《葬花辞》：“质本洁来还洁去，不教污淖陷渠沟。”潘岳《室思诗》：“之子归穷泉，重壤永幽隔。”贺铸《鹧鸪天》：“梧桐半死清霜后，头白鸳鸯失伴飞。”

点 评

管遗瑞曰：多年没有读到如此能感染人心的好诗。或云悼亡行旅乃旧体之能事、诗词之长项，新诗无以过之。读此信然。

徽州民居

2003

一湾牛腹堰，两面马头墙。三雕皆吉画，四水收明堂。闲过南屏篱落疏疏访菊豆，偶来西递牌坊巍峨话甘棠。明清建筑旧貌在，徽州民居天下扬。可堪夙昔大劫难，毁宗谤祖处处忙。山野之人觉悟低，水洒泥封苦珍藏。黠书语录称万岁，投鼠忌器小将惶。时过境迁还故物，前人种树后乘凉。财源滚滚来行旅，天下始得重徽商。君不见成都老皇城，千百年间费经营。一朝墙倒众人推，老街易作反修名。名易改，城何辜，至今痛煞老成都。

自注

徽州明清民居以砖雕、木雕、石雕工艺著称，称“徽州三雕”。雕刻内容或为流云百蝠，或为福禄寿禧，或为琴棋书画，或为暗八仙，或为岁寒三友，或为戏文故事，或为山水人物，或为翎毛花卉，皆名手为之，莫不精妍生动。绩溪有三雕博物馆。徽州民居上有天井，下有明堂，四面雨水归焉，取“肥水不外流”之意。成都皇城历史可远溯战国，蜀国开明王九世迁都至此，建北少城；晚唐五代更建皇城；明太祖朱元璋封十一子朱椿为蜀王，就前后蜀宫殿遗址修筑藩王城，其前面的牌楼、拱桥和一大块空地，被称为皇城坝。成都皇城于1968年被爆破拆除，参与民工甚众。

太白醉月歙砚歌

2003

屯溪四月风雨夕，细雨飘洒老街石。
老街店铺连云屯，何物能招回头客。
天下女人爱珠宝，我生恋石也成癖。
案头清供簏中贮，堪笑平生几量屐。
久闻美石出老坑，歙民家家割紫云。
体积深暗猪肝赤，碧眼圆润绿膘纯。
地着金晕到青晕，线列水纹更眉纹。
远道贩石来西蜀，能工绎思巧布局。
简装不掩材质美，绝活定教天雨粟。
镂空惊鹊别枝梅，风吹峨眉山月来。
月影斑驳在诗卷，玉山自倒卧苍苔。
意匠运斤浑无迹，神品入手焉能释。
凡物徒赠固不受，此刻千金轻一掷。
交易既成店主舞，我亦归来矜所获。
折封开灯照昼锦，公诸同好似传璧。
辞亲去国话当年，从公行者吴指南。
炎月指南洞庭死，伏尸泣血不独还。
大鹏同风转低迷，窦圌山下草萋萋。
我今携尔还蜀去，子规休向耳边啼。

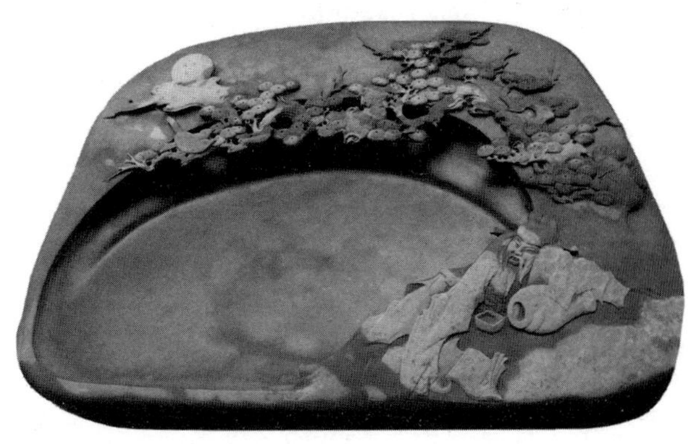

自注

《世说新语·雅量》阮孚语："未知一生当著几量屐。"李贺《杨生青花紫石砚歌》："端州石工巧如神，踏天磨刀割紫云。""碧眼""绿膘"分别指石上天然生成的碧色圆点和浅绿色部分。"金晕""青晕"指石上天然生成的金色、青色的部分。"水纹""眉纹"为老坑石天然纹理的两种名目。《淮南子·本经》："昔者仓颉作书，天雨粟，鬼夜哭。"王维《送秘书晁监还日本国诗序》："不居一国，欲其昼锦还乡。"《史记·廉颇蔺相如列传》："秦王坐章台见相如，相如奏秦王。秦王大喜，传以示美人及左右，左右皆呼万岁。"李白《上安州裴长史书》："故知大丈夫必有四方之志，乃仗剑去国，辞亲远游……昔与蜀中友人吴指南同游于楚，指南死于洞庭之上，白禫服恸哭，若丧天伦，炎月伏尸，泣尽而继之以血。”李白《上李邕》：“大鹏一日同风起，抟摇直上九万里。假令风歇时下来，犹能簸却沧溟水。”唐无名氏《杂诗》：“等是有家归未得，杜鹃休向耳边啼。”

点评

余恕诚曰：寄来的新诗诵读一过，非常好。尤其是《太白醉月歙砚歌》，因为我亲眼见到歙砚，又经历了那过程，所以读起来特别激动。

桃花潭诗赠谷生曙光

2003

踏歌屐齿印苍苔，
烟景依前对镜开。
兴是万家酒店发，
人从李白故乡来。
导游因客知原委，
制作凭空得素材。
世上无缘多错忤，
感君连日喜相陪。

自注

奉恕诚师命，考察皖南文化旅游资源，泾县桃花潭其一也。谷曙光，安徽师大唐宋文学研究生，与余先后同门。袁枚《随园诗话补遗》：唐时有汪伦者，泾川豪士也。闻李白将至，修书迎之，诡云："先生好游乎，此地有十里桃花；先生好饮乎，此地有万家酒店。"李欣然至，乃告云："桃花者，潭水名也，并无桃花。万家者，店主人姓万也，并无万家酒店。"李大笑，款留数日。按，桃花潭至今万姓居民多于汪姓。是日相陪两导游皆旅游学校见习生，一路交谈，临别笑道：“哪里是我们为你们导游，分明是你们为我们导游。”

中秋引

2003

节至中秋天作美，茶楼侍坐二三子。于今教授未全贫，是夕月华清似水。恍若春风浴沂时，璧月沉沉素瓷底。以吾一日长乎尔，盍各言志毋吾以。率尔哂由由勿嗔，喟然与点点莫喜。从政种宁有王侯，为学心当如止水。云英可能不如人，殷浩从来宁作已。古人千里与万里，相遗端绮心尚尔。此生此夜须尽欢，明月明年何处是。

自注

杜甫《南邻》："锦里先生乌角巾，园收芋栗未全贫。"《论语·先进》："子路、曾皙、冉有、公西华侍坐，子曰：以吾一日长乎尔，毋吾以也。"又："子曰：何伤乎？亦各言其志也。"《史记·陈涉世家》："王侯将相宁有种乎。"罗隐《赠妓云英》："我未成名君未嫁，可能俱是不如人?”《世说新语·品藻》:“桓问殷:卿何如我?殷云:我与我周旋久,宁作我。”古诗:“客从远方来,遗我一端绮。相去万余里,故人心尚尔。”苏轼《阳关曲》:“此生此夜不长好,明月明年何处看?”张谓《湖上对酒行》:“即今相对不尽欢,别后相思复何益。”

点 评

管遗瑞:写师生谈天,信手点化《论语》“侍坐”章之语,联想自然。“以吾一日长乎尔”四句,措语、对仗天成,颇臻墨妙。读书受用、生活积累加以才情驱使,既一气呵成,又潜气内转。

代悲白头翁

2003

伊拉克前总统萨达姆在其家乡提克里特一个地洞内被俘获。从手握生杀大权、炙手可热到妻离子散、沦为阶下囚，遭遇了本年人类个体生命的最大落差。

髭须花白发蓬松，依稀颓龄一衰翁。
运去英雄不自由，当年叱咤虎生风。
伊昔中东战两伊，伊人胆丧毒瓦斯。
一朝兵败科威特，迤逦百井烈焰飞。
黄雀在后未遑顾，奋勇还将螳臂挥。
基地拉登尔何物，翻使小巫见大巫。
九一一干卿何事，单边先发老拳粗。
黑云欲摧巴格达，辩才无碍萨哈夫。
弹指漫天飞扑克，城内高官俱蒸发。
游击徒销壮士魂，肉弹频夺冤人血。
树倒猱散狡穴空，可怜铸像费青铜。
横遭制裁平人苦，总统地底多行宫。
地底行宫路欲迷，孰云天网竟恢恢。
反战声潮涨如云，一着既失杳难追。
此日白宫应折屐，大漠惊沙狐兔悲。

自 注

“萨哈夫”乃伊拉克宣传部长，战时每日出镜发布新闻。战争结束，美英联军发布扑克牌通缉令，第一号黑桃A为萨达姆。韦庄《秦妇吟》：“野色徒销壮士魂，河津半是冤人血。”司马光《资治通鉴·淝水之战》：“谢安得驿书，知秦兵已败，时方与客围棋，摄书置床上，了无喜色，围棋如故。客问之，徐答曰：‘小儿辈遂已破贼。’既罢，还内，过户限，不觉屐齿之折。”

点 评

杨牧曰：周诗开阔幽愤，集中有不少可称“国际题材”的诗，读来犹觉地球就在眼底。写萨达姆的《代悲白头翁》就是标准的“国际”。确也够悲凉的了，这位匪夷所思的人物！一头猛狮被囚于牢中，如同牛汉笔下的《华南虎》。其诗的刚健、苍凉不说，世界的公理、人类的和平、生灵的平等、种族的亲和却是大可关注的话题。或许有人会问周先生：“萨达姆干卿何事?”“野色徒销壮士魂，河津半是冤人血。”那么多的平民百姓血流成河，就痛了先生肝肠了。不要恐怖、不要暴力、不要灾难，要一片和谐和美的蓝天。中国文人忧国忧民忧天下的幽愤情结，在这里表现得十分真切。

将进茶

2004

余素不善饮，席间或以太白相诮，退而作《将进茶》。

世事总无常，吾人须识趣。空持烦与恼，不如吃茶去。世人对酒如对仇，莫能席间得自由。不信能诗不能酒，予怀耿耿骨在喉。我亦请君侧耳听，愿为诸公一放讴。诗有别材非关酒，酒有别趣非关愁。灵均独醒能行吟，醉翁意在与民游。茶亦醉人不乱性，体己同上九天楼。宁红婺绿紫砂壶，龙井雀舌绿玉斗。紫砂壶内天地宽，绿玉斗非君家有。佳境恰如初吻余，清香定在二开后。遥想坡仙漫思茶，渴来得句趣味佳。妙公垂手明似玉，宣得茶道人如花。如花之人真可喜，刘伶何不怜妻子。我生自是草木人，古称开门七件事。诸公休恃无尽藏，珍重青山共绿水。

自 注

“吃茶去”偈出《五灯会元》。李白《将进酒》：“请君为我侧耳听。”严羽《沧浪诗话》：“诗有别材，非关书也；诗有别趣，非关理也。”成都神仙树南路紫荆名苑有茶楼曰“九天一都”，作者为题名也。宁红、婺绿、龙井、雀舌，俱茶中名品。《红楼梦》四一回：妙玉将自己常日吃茶的绿玉斗来斟与宝玉，宝玉笑道：“常言世法平等，他两个就用那样古玩奇珍，我就是个俗器了。”妙玉道：“这是俗器？不是我说狂话，只怕你家里未必找的出这么一个俗器来呢。”苏轼《浣溪沙·徐门石潭谢雨道上作》：“酒困路长惟欲睡，日高人渴漫思茶，敲门试问野人家。”《红楼梦》四一回：妙玉对宝玉笑道：“你虽吃的了，也没这些茶糟踏。岂不闻‘一杯为品，二杯即是解渴的蠢物，三杯便是饮牛饮骡了’。你吃这一海便成什么？”说的宝钗，黛玉，宝玉都笑了。“妙公”，宝玉对妙玉的戏称，见八七回。《西洲曲》：“栏干十二曲，垂手明如玉。”刘伶病酒渴甚，从妇求酒，事见《世说新语·任诞》。字谜曰“人在草木中”，谜底即“茶”。吴自牧《梦粱录》：“人家每日不可缺者，柴米油盐酱醋酒茶”，初称“八件事”；而元代杂剧《玉壶春》《百茶亭》《度柳翠》等为韵语，约为“早晨开门七件事，柴米油盐酱醋茶”。苏轼《赤壁赋》谓“惟江上之清风，与山间之明月，耳得之而为声，目遇之而成色，是造物者之无尽藏也”。“青山绿水”为茶名，谚云：“留得青山在，不怕没柴烧。”

点 评

李遇春、朱一帆曰：诗的题目就极富谐趣，暗含着对李白大作《将进酒》的调侃。其次，又用诙谐的语言描摹苏轼饮茶的情景，所谓“遥想坡仙漫思茶，渴来得句趣味佳”。大诗人成了被调侃的对象，手中的酒杯被换成了茶杯，而他们原有的怀才不遇、及时行乐的思想，也被周啸天有意的幽默冲淡了。再看全诗的首尾处两句：“世事总无常，吾人须识趣”“我生自是草木人，古称开门七件事”。在“寄蜉蝣于天地，渺沧海之一粟”的人生境况下，再来重新回味这首诗，不禁深切体味出作者早已将“宠辱不惊,闲看庭前花开花落”的冲淡思想化作了浅会宜笑的活泼语言，化理性的人生体悟为谐趣了。

王蒙曰：《将进茶》亦属绝唱。这里有一种平常心，写平常事，而平常人平常诗中出现了趣味，出现了善良，出现了生机，出现了至乐至工至和，在充满戾气的现代世界，这实在是难得的和谐之音。

世事總無常吾人須識趣空持煩與惱不如喫茶去世人對酒如對仇莫能席間得自由不信能詩不能酒予懷耿耿骨在喉我亦請君側耳聽願為諸公一放謳詩有別才非關酒酒有別趣非關愁靈均獨醒能行吟醉翁意在與民遊茶亦醉人不亂性體已同上九天樓寧紅婺綠紫砂壺龍井雀舌綠玉斗紫砂壺內天地寬綠玉斗非君亦有佳境恰如初吻餘清香乏在二閑後遥想坡僊漫思茶渴來得句趣味佳妙公垂手明似玉宣得茶道人如花如花之人真可喜劉伶何不憐妻子亦生自是草木人古稱開門七件事諸公休恃無盡藏珍重青山共綠水

周嘯天先生將進茶一首　丁酉秋月洪厚甜於淨堂

洪厚甜 书

江淮行（八首录三）

2004

其一

驭气轻辞濯锦城，
云间赏月更分明。
嫦娥乃肯作空姐，
为我青天碧海行。

自注

中秋前夜，因出差从成都飞合肥。登机时一点诗意也没有。上天后，不经意往窗外一望，竟然是平生从未见过的一幅图景：湛蓝天空上银盘也似地悬着一轮明月，万里无云。云全在飞机下面很深的地方。全新的体验让我兴奋起来，遂得句“云间赏月更分明”，首句是引子，后二句是以溢思作波澜。一片兴会而已。

其二

秋游若个似春游，
草木未凋碧玉流。
秀色快餐八百里，
绝胜白也在轻舟。

自注

杜牧《寄扬州韩绰判官》：“青山隐隐水迢迢，秋尽江南草未凋。”柳宗元《酬曹侍御过象县见寄》：“破额山前碧玉流。”杜甫《春日忆李白》：“白也诗无敌。”

其三

昔上天都未放晴，
今年景色倍还人。
我来小试并刀快，
剪去黄山几段云。

自注

杜审言《春日京中有怀》：“寄语洛城风日道，明年春色倍还人。”杜甫《戏题王宰画山水图歌》：“焉得并州快剪刀，剪取吴松半江水。”

葬猫诗（三首录一）

2004

药锄掘地到三尺，
葬尔非花也是痴。
盏里香油连夜少，
喵喵去矣鼠先知。

自注

《红楼梦》廿七回《葬花词》：“侬今葬花人笑痴。”

点评

管遗瑞：唐张谓《南园家宴》有“花间觅路鸟先知”，韩愈《盆池》有“夜半青蛙圣得知”，陆龟蒙《新沙》有“官家知后海鸥知”，宋苏轼《惠崇春江晓景》有“春江水暖鸭先知”，皆佳句也。此曰“喵喵去矣鼠先知”，亦饶别趣。

天谴

2004

观动物福利专题片，偶成。

天谴已遭口蹄疫，人间犹有注水猪。
动物福祉凭谁问，古来君子远庖厨。
生态失衡事已久，一百年间作疮瘤。
岂有天地皆不仁，视我万物为刍狗。
直立戴发曰人子，半为魔鬼半天使。
衣冠轻肆诋禽兽，禽兽何及人无耻。
羚羊挂角迹甚稀，大象负牙种群危。
狠心惊破熊罴胆，辣手活扒貉獾皮。
徒使佳丽作裸争，禽兽何及人无仪。
一朝祸至不罪己，皆曰可杀果子狸。
动物屡失生存权，尔曹亦希安乐死。
曩有美文出布封，诗人博爱记昆虫。
是知物种都不贱，方舟共济与君同。
犬马于人皆益友，西人斗牛事可丑。
我欲匝地扫陋俗，谁能假我倚天帚。
噫吁嚱种属歧视事尽非，兽道王道一理推。
劝君莫打三春鸟，子在巢中盼娘归。

自 注

《孟子·梁惠王上》:“见其生不忍见其死，闻其声不忍食其肉，是以君子远庖厨也。”《道德经》五:“天地不仁，以万物为刍狗。”《诗经·鄘风·相鼠》:“相鼠有皮，人而无仪……相鼠有齿，人而无止(耻)。”《传灯录》十六:“道膺禅师谓众曰:如好猎狗，只解寻得有踪迹底;忽遇羚羊挂角，莫道迹，气亦不识。”“裸争”为国外动物保护组织发起反毛皮消费的抗议活动形式之一。2003年非典流行，或言此病源于果子狸。

点 评

丁淑梅、黄晋卿曰:这篇力作以七言歌行写非典肆虐的现象及引发的一系列思考，从口蹄疫、注水猪肉这些具体现象入手，铺陈人类为了追逐利益，不惜残忍屠杀动物，为了取得羚羊角、象牙、熊胆、貉皮这些珍稀之物，不惜手沾血腥。一旦瘟疫流行，又慌不择路，无暇反思长期的行径，只将原因归诸某种无辜的动物。对此诗人愤怒痛切不已:“衣冠轻肆诋禽兽，禽兽何及人无耻”。痛定思痛下上升到人的本质性的追问，希望能深刻思考中西传统伦理:是否人类天性中就具有暴力原罪，人难道真的一半是天使一半是魔鬼?但既然人类是具有反思能力的，又如何抑恶趋善?西方宗教神话中有末世来临、人类和动物共乘诺亚方舟的美好图景，基督教中也有着万物平等的思想。诗以推心置腹式的中国伦理方式，将农业社会的朴素温情以一种苦口婆心的劝慰出之，是非常典型的传统中国人的情感底色，亦可作为社会弊病救治之一法。在后现代语境下，最传统的未尝不可作为最时兴的文化资源，正如1993年世界伦理大会将“己所不欲，勿施于人”这一儒家伦理作为世界性的伦理规约一样。

何所长歌

2004

何所长，何所长，有何所长当所长。酒债寻常行处有，能喝半斤喝八两。住近林区得美差，禽兽无主天豢养。兔子便有触株死，锦鸡撞在枪口上。辖区经营野味坊，保护费颇入私囊。来往食客俱公职，心照不宣快朵颐。记者好事来举报，暗走风声动身迟。乔作执法人未至，冰柜之物已转移。东窗事发及所长，始得扣发年终奖。别无所长可奈何，异日易地为所长。

自 注

诗中长字两读交替，如先读为掌，则后读为常。杜甫《曲江二首》：“酒债寻常行处有，人生七十古来稀。”

海啸歌

2004

2004年12月26日电讯，印度尼西亚苏门答腊岛附近海域发生里氏8.9级地震，并引发海啸。连日来，斯里兰卡等东南亚和南亚国家死亡人数累计约20万人，仅印度尼西亚一国死亡人数即超过17万人。据信，这可能是200多年来最为惨重的海啸灾难。

板块小碰撞，能量大放释。地心且惊悸，海洋作人立。海洋直立势排空，涤荡八国洪涛风。近海生民二十万，一弹指顷万事空。阳光海浪沙滩客，未知天灾在顷刻。一波多鱼维其嘉，二波从空走何及。向来沙上拾鱼人，全向海心为鱼鳖。牖突咆哮入室中，身手虽健难为功。器具毂转俱搏人，洪舌乱舐西忽东。未兆易谋禽兽知，兽皆远走鸟高飞。惟我物灵非先觉，身缧始疑网恢恢。人当澒洞太渺小，回天乏术惟祈祷。此际何能更轻生，浮物皆作救命草。真成无谓触蛮争，海啸一来便倾城。市街连翩倒骨牌，水火于人殊无情。由来剧变不可测，朝或多金暮洗白。饥寒起盗令齿冷，一方有难八方惜。港台慷慨尽解囊，大陆富豪莫羞涩。

自 注

地震学家分析此次海啸，乃印度洋板块和亚欧板块相碰撞所致。这场世纪灾难被媒体称为“地球心跳”。目击者向电视台描述说：“简直就像无边的大海站了起来走向你的大门口。”《小雅·鱼丽》：“物其多矣，维其嘉矣。”《老子》六四：“其安易持，其未兆易谋。”又七三：“天网恢恢，疏而不失。”《庄子·则阳》：“有国于蜗之左角者，曰触氏；有国于蜗之右角者，曰蛮氏。时相与争地而战，伏尸数万，逐北，旬有五日而后反。”

点 评

张帆曰：自然灾难是作者锥心的题材，因为没有什么比灾难更能在瞬间暴露出人性中深藏不露的东西。此诗的冲击力，正来自作者对生命无尽的惋惜、对人性贪婪与无知深长的感喟。

竹枝词（七首录五）

2004

其一

西去剑门疑雨时，
道逢野老意依依。
上头来到下头去，
不为轻阴便拟归。

自 注

1958年邓小平视察剑阁，老农问：“你们从哪里来？要到哪里去?”邓小平风趣地说：“从上头来，到下头去。”

其二

会抓老鼠即为高，
不管白猫同黑猫。
思到骊黄牝牡外，
古来唯有九方皋。

自 注

1962年夏秋间，中央书记处开会讨论“包产到户”的问题，邓小平讲“怎样恢复农业生产”，引用俗语“不管黄猫黑猫，捉到老鼠就是好猫”，以说明哪种生产形式有利于发展农业生产，就应采取哪种形式。九方皋相马不问骊黄牝牡，事见《列子·说符》。

点 评

管遗瑞曰：前两句纯属口语，本非诗家语；后两句忽拈来九方皋相马典故，以不管马之骊黄牝牡，来比不管猫之黑白，构思巧妙，既文既白，亦俗亦雅，诗味大出。

其三

峨眉自古路朝天，
最是公来不禁山。
半边容我与君走，
尚与路人留半边。

自 注

用词韵，下同。1980年7月，邓小平来成都休假、视察，由四川省委书记谭启龙陪同上峨眉山。安全部门原计划封山，邓小平不同意，说：“我们也是游客，人家也是游客，大路朝天，各走半边。”

点 评

王蒙曰：作者写邓小平的竹枝词，非常平常平和平实。“会抓老鼠”一诗别具匠心地以“白猫黑猫论”与伯乐荐九方皋相马的故事相比，九方皋只注重是不是千里马，而不注意马的毛色与性别，代表的是一种战略眼光、宽容眼光，是一种大气。“半边容我与君走，尚与路人留半边”这两句说的是小平不赞成为了安全原因而封山。这些都极上口、民间，符合竹枝词的特色。

其四

郑女江边夙啸歌，
怜欢其奈踟蹰何。
涉溱莫问水深浅，
摸着石头能过河。

自注

《诗经·郑风·褰裳》：“子惠思我，褰裳涉溱。”

其五

举重若轻世所稀，
周公月旦分如其。
百年谁似小平子，
天塌下来高个支。

自 注

子为词缀，亦男子美称。薄一波《领袖·元帅·战友》记载，1950年中共七届三中全会期间，周恩来问其刘邓异同，薄不能对。周云：“邓小平举重若轻，刘伯承举轻若重，我也是举轻若重。到底哪样好呢，我看还是举重若轻的好。”1984年秋，西德总理科尔在会谈期间问邓小平的长寿秘诀，邓说：“我一向乐观，天塌下来也不怕，因为有高个子顶着。”

春晚聋哑人舞千手观音

2005

天人千手妙回春，
族类同痴泪不禁。
失语时分存至辩，
无声国度走雷音。
花光的历飘香久，
法相庄严蕴慧深。
引领慈航成普度，
神州除夕降甘霖。

自注

当年春晚节目。《道德经》四五：“大辩若讷。”《维摩诘所说经》上：“演法无畏，犹狮子吼，其所讲说，乃如雷震。”虞世南《咏萤》：“的历流光小。”

点评

王蒙曰：颔联二句，失语至辩，无声雷音，意韵悠长，感人至深，更有佛家妙谛。没有相当的中华文化素养是写不出来的。而“失语”云云，又是现代西词中译，为时髦词，这类不拘一格首次用于传统诗词中的词语在周诗中还多有，如“臭美”“大款”“签单”“双规”等等。确实是融古今于一炉。

星汉曰：此律在当代诗词中，自是上乘之作。不谙佛理者，难出此语。颔联“失语时分存至辩，无声国度走雷音”绝佳，于旷达语中，令读者“泪不禁”！

超级女声决赛长沙（二首录一）

2005

今宵荧幕富星光，
五省共追超女狂。
歌曲一朝惊屈贾，
粉丝十万下江湘。
欢娱极处翻多泪，
骂詈沉时弥足香。
两壁芙蓉呈锦色，
牡丹割地让花王。

自注

超级女声为湖南卫视2004年创意之TV秀，由于参与性强，遂成歌迷盛会。2005年赛事分五唱区，于五省会城市——成都、广州、杭州、郑州、长沙进行，然后在长沙总决赛。海选以来，屡遭恶评。骂到后来，却精彩纷呈。成都三甲李宇春、张靓颖、何洁表现奇佳，俱有实力，实为2004年超女所不能望其项背者。荧屏收视率连日节节攀升，直上青云。“超级女声”（简称“超女”）亦因此被评选为年度十大流行语。成都号芙蓉城，长沙号芙蓉国，故尾联云。

点 评

管遗瑞曰：一气呵成，无不如志。荧幕、星光、屈贾、粉丝、多泪、弥香、芙蓉、牡丹，镕裁今古、拈来好语，织作五色云锦。五省、两壁、割地前后呼应，不独以十万数字取势也。

高轩过

2005

2005年11月1日获王蒙先生电话，是夜相晤于成都望江宾馆，归而作此。

简从岂有高轩过，漫劳轻车驻沙河。
大堤高树以诗喻，根深叶茂自婆娑。
际遇寻常行处有，一卷新诗伴车走。
京都文章称巨公，我诗何幸上君口。
在心为志发为诗，兴趣佳处得句奇。
含英咀华入唱叹，解用即为绝妙辞。
天下几人诗肩耸，庞眉何能荷殊宠。
百年诗客总寂寥，润之犹恐传谬种。
挥斥謦欬气如虹，人间握别太匆匆。
早晚更盼轩车至，使我学子坐春风。

自注

《高轩过》李贺诗题，序云："韩员外愈、皇甫侍御湜见过，因而命作。"杜甫《宾至》："岂有文章惊海内，漫劳车马驻江干。"王蒙将中国诗词喻为一棵大树，谓天下诗篇皆树上枝叶。苏轼《是日宿水陆寺寄北山清顺僧二首》：“遥想后身穷贾岛，夜寒应耸作诗肩。”李贺《高轩过》诗自谓“庞眉书客”。毛泽东《致臧克家等》：“因为是旧体，怕谬种流传，贻误青年。”

练姐生日作（三首录一）

2005

无姊何如有姊强，
花红叶绿好商量。
十箸不弯一箸折，
大人遗训永难忘。

峨眉（二首录一）

2006

雄奇幽秀竞殊科，
蜀国仙山惠眼多。
金顶佛光开宝鉴，
硕人云际画双蛾。

自 注

蜀谚：“剑门天下险，夔门天下雄，青城天下幽，峨眉天下秀。”李白《登峨眉山》：“蜀国多仙山，峨眉邈难匹。”《诗经·卫风·硕人》“硕人其颀”“螓首蛾眉”。“双蛾”谓大峨山、二峨山。

吴一峰 绘

妙真诗

2007

荧屏选秀徒痴嗔，几个红楼梦里身。
一自绛珠归碧海，世间无复葬花人。
公子失趣即迷窍，曲文忽拈寄生草。
钝根乃尔合参禅，当时颇贻闺中笑。
长春春雪絮沾泥，寺庙兴隆着丽尼。
缁衣卸却铅华尽，观者如山不自持。
是日青灯古佛伴，去年红粉万人迷。
琴瑟胶漆君莫诮，分飞只为机缘到。
别情犹似爱情深，南北剃度成二妙。
一诀家人知不还，多情媒体最萦牵。
佛门自是清净地，般若无妨数码传。

自注

丁亥正月初六，电视剧《红楼梦》林黛玉扮演者陈晓旭抛弃万千家产，剃度出家于长春百国兴隆寺，号妙真。月余，其夫郝彤亦出家于深圳念佛堂（郝彤后还俗）。“参禅贻笑”事见《红楼梦》二十二回“听曲文宝玉悟禅机”。当年陈晓旭以《我是一朵柳絮》诗打动了导演而出演黛玉。宋释道潜《口占绝句》:“禅心已作沾泥絮，不逐东风上下狂。”

天泰园白鹭

2008

漠漠水田凭尔翔，
争知稠院隐回塘。
三餐不素偷为乐，
独腿常拳佯忍伤。
观赏鱼劳贼惦记，
珍稀鸟待客端详。
主人抓拍成惊扰，
一片孤飞雪打墙。

自注

王维《积雨辋川庄作》：“漠漠水田飞白鹭。”谚云：“不怕贼偷，就怕贼惦记。”

点评

星汉曰：“偷为乐”“贼惦记”“抓拍”诸词，的是当代诗人所为，后来居上，摩诘安能知之。白鹭被“惊扰”之后，“一片孤飞雪打墙”，比喻贴切，何其形象，摩诘有知，亦当许之。

管遗瑞 书

八级地震歌

2008

一山回龙沟中起，龙门九峰皆披靡。高岸翻卷如怒涛，北川平夷青川毁。天上黄沙地底雷，映秀瞬间成蒿里。危楼断壁尽覆窠，十万烝民同日死。合两峰兮起悬湖，山河改观一弹指。几家出差免于灾，几家上班去不回。几家钟生出地府，几家刘阮失天台。学堂坍塌街市毁，娇儿老母多生埋。十指连心痴复醉，计秒时分最难挨。血爪流丹不得力，安得神兵天上来。震波顷刻九天送，握发总理身已动。百姓万难系一身，心长情急措语重。休裹足兮勿束手，我今安危与尔共。尔曹不尽啜乳力，养兵千日更何用。快开险路作通途，飞艇救急电不如。什佰之器从空投，蚂蚁齐啃糖葫芦。紧握孤儿对觑久，一时无语胜似有。废墟奔忙橄榄绿，生命递在众人手。小儿行礼感万众，大兵救援更抖擞。忆昨地动狼狈初，无影灯晃术欲敷。高楼摇摇若积木，临危捉刀义不逋。医护逢节输悃诚，帝以一秒赦成都。卧龙熊猫亦国宝，于时奔散何草草。专家护之不顾身，此刻尚见人情好。山川满目泪沾衣，手足伤残生别离。瓦砾堆下有现金，尸骸丛中无名氏。于时禽兽俱求活，衣冠或恐疫情发。义犬拯人免于死，哀哉厥类竟扑杀。遥望齐州九点烟，万国俱作刮目看。一线生机百倍力，八方捐资到四川。涉险犯难先士卒，轻身贵庶有上官。哀从南海举三日，旗为平人下半杆。休矣藏独共台独，勉哉家安赖国安。震余百日即奥赛，圣火传递殊无碍。三地连体无小我，两岸同根有大爱。芜城更建进新图，广厦如山应可待。公喜复课语依依，多难兴邦儿无怠。

自注

钟生游阴司，获赐寿一纪，事见《聊斋志异·钟生》。刘晨、阮肇上天台遇仙不回，事见刘义庆《幽明录》。据凤凰卫视播报，时任总理温家宝有句话“是人民在养你们，你们看着办”。《老子》“使有什佰之器而不用”。地震带山体滑坡埂阻极多，须一一疏通，战士喻为“啃糖葫芦”。北川三岁小儿郎铮获救后，在担架上举手行军礼，感动全国。5月12日为护士节，地震来时，华西医院医生护士置生死于度外，坚持做完正在进行中的肝脏手术。又，成都距震中仅90公里，震感强烈而建筑未塌，市民中流传着一句话：“上帝在最后一秒拯救了成都。”温总理视察帐篷学校，板书“多难兴邦”以勉群儿。

哭张孟

2008

去年君来时，相约诗文事。今年春已归，期君君不至。昨日之日同为人，天涯倾盖一相亲。惯披肝胆酬知己，乐向江湖寄此身。若非佳士不握手，必逢清景始写真。数笔能下畸人泪，一生难答慈母恩。书成半夜一嚎啕，画罢投笔自逡巡。可怜八斗精英气，竟杀三江情性人。闻君今旦在鬼录，杨牧太息王甜哭。蜀都米贵居不易，人百其身哪可赎。纷纷讣告谀苟活，损失于人未必多。如君又非老不死，吾侪焉能鼓盆歌。永别终须是暂别，西出阳关君去疾。地下应逢在华兄，休揭疮疤话夙昔。

自注

张孟为四川渠县人，摄影家、书画

家、自由撰稿人。在华为张孟长兄。李白《宣州谢朓楼饯别校书叔云》“弃我去者昨日之日不可留”，陶渊明《挽歌诗》“昨暮同为人，今旦在鬼录”。张固《幽闲鼓吹》载白居易初至长安访顾况，况揶揄以“米价方贵，居亦弗易”，继览其《赋得古原草送别》，改口说：“道得个语，居亦易矣。”尤袤《全唐诗话》作“长安米贵，居大不易”。《秦风·黄鸟》：“如可赎兮，人百其身。”

点 评

管遗瑞曰：“去年君来时”四句款款道来，“昨日之日同为人”四句另表一枝，“若非佳士不握手”四句持续延宕，“书成半夜一嚎啕”二句异军突起，“可怜八斗精英气”二句断岸千尺，“闻君今旦在鬼录”四句低回不已，“纷纷讣告谀苟活”二句稍稍游离，“如君又非老不死”二句回归本题，“永别终须是暂别”二句突然升华，“地下应逢在华兄”二句余音袅袅，诗思虽有很强的跳跃性，却有内在律（感情跌宕）和外在律（平仄转韵）的支配，就像珠子被线穿着，绝不会散乱。

五·一二短信

2009

检得年前短信息，
温情骤起一丝丝。
等闲三字君安在，
发自天摇地动时。

自注

五·一二地震一周年之际，刊物索句。因为去年写过一首歌行，今年打算写一首七绝。什么题材呢，短信。在我的手机里，存有许多五·一二的短信，不过是问个平安而已，读之却令人感动。前两句引出短信，是铺垫。第三句说“等闲三字君安在”，说平常（等闲），末句一定要说不平常——这就是内在韵律，也便是结构。

柳梢青·同学会有四十年一相逢者

2009

竹马观花，青梅压酒，并长賨城。巷尾悲歌，街头辩论，不是书声。

重逢乍见须惊，却道是、人间晚晴。六十年华，四十体魄，二十心情。

自注

李白《长干行》：“郎骑竹马来，绕床弄青梅。”渠县土著民为賨人，明代合广安为县，称賨城。于鹄《古词》：“并长两心熟，到大相呼名。”

点评

陈坦曰：这首词抓住了同学会两个特点：一曰忆旧，二曰惊变。既写出了人情之常，更带有鲜明的时代特色和地域特色。“并长賨城”是地域特色；而“巷尾悲歌，街头辩论，不是书声”是时代特色。“四十年一相逢”，自然是“重逢乍见须惊”。然惊则惊矣，诗人却借李商隐之“天意怜幽草，人间重晚晴”，来与老同学们相互勉励。结尾更以数字化形式提出了具体目标：“六十年华，四十体魄，二十心情。”如此心态，无怪王蒙称之为“快乐阳光”了。

舒炯 书

卢武铉歌

2009

报载5月23日清晨，韩国前总统卢武铉以涉嫌受贿面临检方调查而投崖自尽。卢氏在任期间延续金大中“阳光政策”，致力南北和解，会晤金正日。在对美、日关系上则较强硬。以平民总统之形象为民众拥戴。遗书云：“勿埋怨，生和死难道不是一回事?”又说：“受惠于人，却让人因我而受难，剩下的余生只会是别人的累赘。”又说：“本想退任后在乡村度过余生，没想到不能如愿，真是遗憾。”又说：“火葬了吧，在村边立个碑就可以了，这是酝酿了很久的想法。”卢氏既死，韩国民众自发哀悼，社会动荡持续多日。

平民总统平民子，凤凰飞出山谷里。一跃冲下群松颠，四面涛声声不止。曩奉阳光行北地，两韩同胞俱欢喜。横眉微侧美日目，直项顿教懦顽起。堤畔浊水湿吾足，一失足为千夫指。虽亏未失为日月，所贵昭然不自讳。孰云恶恶止其身，将老反为他人累。一死遂杜铄金口，万民清泪如铅水。郭外园田枕边书，搔首若负平生志。指向村头一片石，书我名氏而已矣。撒手如归近乎勇，百夫之特亦惴惴。君不见成胡上诉苦称冤，阿扁绝食肯遄死，卢武铉，奇男子。

自注

谚云："久在河边站，哪有不湿脚?"《论语·子张》："子贡曰：'君子之过也，如日月之食焉：过也，人皆见之；更也，人皆仰之。'"《公羊传·昭公》："恶恶止其身，善善及子孙。"杜甫《梦李白二首》："孰云网恢恢，将老身反累。"李贺《金铜仙人辞汉歌》："忆君清泪如铅水。"杜甫《梦李白二首》："出门搔白首，若负平生志。"《中庸·二十》："知耻近乎勇。"《诗经·秦风·黄鸟》："维此奄息，百夫之特。临其穴，惴惴其栗。"成克杰原为全国人大常委会副委员长、中共广西壮族自治区党委副书记、广西壮族自治区人民政府主席，胡长清原为江西省副省长，二人皆以巨贪罪一审判处死刑，不服、提起上诉，二审驳回、维持原判。陈水扁以贪贿被羁，狱中数度绝食，悉作秀也。《诗经·鄘风·相鼠》："人而无礼，胡不遄死。"

赠黄英（二首录一）

2009

赛到三强花事浓，
千红不及映山红。
巴人惯唱爬山调，
一有黄英便不同。

自注

“爬山调”即《太阳出来喜洋洋》。

食甚

2009

白日亏已既，
皂日丽星空。
凉风悄然至，
知近广寒宫。

自注

2009年7月22日8时10分，月魄掩日，倏暗如夜。日全食全过程依次为初亏、食既、食甚、生光、复圆。杜甫《天末怀李白》：“凉风起天末，君子意如何？”

妙高台

2009

下野却非妙，
吊影此庭中。
海阔声情系，
台高尽日风。

自 注

台在浙江省奉化市溪口雪窦山，为蒋氏别墅。

息耒寺

2009

君自青城来，
我从海上至。
他亦事笔耕，
都憩息耒寺。

自 注

寺在普陀山。与方牧、顾妙林相会于此。

中秋雨霁见月

2009

秋天向晚雨喧喧，
刚道嫦娥一面难。
却是吴刚亲涤器，
当空涮出水晶盘。

点 评

李遇春、朱一帆曰：作者笔下的山水诗在自然景色中融入诙谐元素，着意凸显了山水风景题材诗歌的趣味性，这就为传统的山水风景诗词增添了新气象。如此诗描写中秋夜的月圆之景，用单一能指的现代物象“水晶盘”，消解了“月亮”意象背后蕴含的复杂所指（诸如“秦时明月汉时关，万里长征人未还”），明亮、圆润、清透的“月亮”本真表象得以还原。在“月亮”意象的既定隐喻意义消失之后，“吴刚”“月亮”“嫦娥”三意象得以重组，吴刚为嫦娥刷盘子的趣味风景得以展现。

锦里逢故人

2010

涸辙相濡亦偶同，
茫茫人海各西东。
对君今夕须沉醉，
万一来生不再逢。

自注

《庄子·大宗师》：“泉涸，鱼相与处于陆，相呴以湿，相濡以沫，不如相忘于江湖。”

点评

刘学锴曰：相濡不如相忘，达人实寓深悲。来生相逢熟语，翻空顿化奇峰。智者深谙此道，佳处却在韵长。

星汉曰：此诗必当流传后世。“来生”之有无，星汉不知，但知以“万一来生不再逢”为理由劝饮。因为“茫茫人海各西东”，相逢不易，所以“对君今夕须沉醉”。做人不能做绝，但做诗要做绝。这首诗绝了！

玉树（二首）

2010

其一

不往高原去，焉知抢险难。
有风氧气薄，无雪夹衣单。
滥震何为地，精诚可动天。
昔闻格萨尔，定力至今传。

自注

关汉卿《窦娥冤·滚绣球》："地也，你不分好歹何为地？"

其二

病骥志千里，长云暗雪山。
偏逢连夜雨，最是五更寒。
惯饮香江水，宁愁青海湾。
求仁仁既得，马革裹尸还。

自 注

港人黄福荣身患糖尿病，曾赴汶川地震灾区为义工，此次赴玉树灾区，余震中奋力救三人脱险，不幸遇难。王昌龄《从军行》：“青海长云暗雪山。”

不往高原去焉知攘險難有風氣氛薄無雪夾衣單濫震
何爲地精誠可動天昔聞格薩爾定力至今傳 廟覲志千里長
雲晴雪山遍途速夜雨最是五更寒慣飲香江水寧愁青海灣
求仁仁既得馬革裹屍還 周嘯天玉樹二首 海上顧妙林

顾妙林 书

纾危

2010

2010年8月19日洪水冲毁四川广汉段石亭江大桥东南侧河堤，两根桥墩摇摇欲坠，K165次列车司机应急刹车。桥面断裂、两节车厢下沉作V形。车厢坠河前20分钟内，乘务员组织上千旅客紧急疏散，无一人伤亡。

脱身始后怕，临难往无前。
地狱凭谁下，生机让客先。
河梁顷刻圻，铁轨半空悬。
天地向昏黑，纾危一蹑间。

自注

杨万里《读子房传》："兴王大计无寻处，却在先生一蹑中。"

春运

2010

京郊地冻艳阳高，
客至年关咒路遥。
木落平林天远大，
枝头留守有空巢。

自注

岁暮机场路书所见。黄庭坚《登快阁》：“落木千山天远大。”

点评

李遇春、朱一帆曰：此诗关注弱势群体，即春运的对象民工。借由抒情视角的由远及近，把“亲情饥渴”这个非常巨大的言说对象，落实到具体意象“空巢”上。又借由鸟巢空守枝的景象，隐喻了空巢老人和留守儿童无所依附、寂寞孤独的精神状态。

京郊地凍豔陽高客至來
關咒路遥木落平林天遠
大枝頭留向有空巢

錄周嘯天先生春遊詩也 乙酉年四月十八日 開嘉

侯开嘉 书

题东林壁

2010

山外看山山略同，
焉知百态作奇峰。
要识庐山真面目，
还须深入此山中。

自 注

后二陶武先句。

点 评

李维嘉曰：这种诗，一生中碰不到几次，应该刊登在《岷峨诗稿》卷首。

寄滕伟明君并岷峨诸公

2010

万人如海盘飧市，惟凭歌声识名字。能令孔雀生光辉，便是人间最牛事。年少踯躅大荒中，雪山巍峨人为峰。矫首一讴八台雪，余子尚在齐喑中。天旋日转杂悲喜，蜀都米贵奈何许。茅茨剧怜郭定乾，旗鼓更埒杨启宇。杨诗冷峻我活泼，水流姑射对花落。功业看低姚贾垒，词场青兕出芒角。岁月难磨芒角平，取材日广意日新。纡徐为妍卓荦杰，乐山女儿棒棒军。南浦清江动春酌，抵掌论文襟抱豁。公其进酒我进茶，清茶亦是杯中物。落落犹唱白雪歌，劳劳何劳二竖过。杨公下士归寂寥，孰能拔尔于蹉跎。李老市得骏马骨，会有好诗攒岷峨。

自注

滕有《杨丽萍孔雀舞歌》《八台雪歌》《乐山女儿行》《重庆棒棒军》等作。钟振振论当代诗词说：“低调一点说，赢不了李白、杜甫，还拼不过贾岛、姚合么。”韩愈《进学解》：“纡徐为妍，卓荦为杰。”杨公析综，原四川省省长，退休后为省诗书画院院长。李老即李维嘉。

答但丈仲廉（四首录三）

2010

其一

招风马耳听琴牛，
所贵人生臭味投。
曲竟知音若不赏，
出门一笑大江流。

自注

李白《答王十二寒夜独酌有怀》："世人闻此皆掉头，有如东风射马耳。"宋惟白集《建中靖国续灯录》："对牛弹琴，不入牛耳。"黄庭坚《王充道送水仙花五十枝》："坐对真成被花恼，出门一笑大江横。"意出司空图《诗品·沉著》："如有佳语，大河前横。"

其二

热血澎时热泪淫，
一厢情愿往情深。
筒里观花如世相，
歌声依旧最真忱。

自注

听苏联歌曲依然感动。

其三

阅世观书得即讴，
髭须合白自然留。
有句堪传人不老，
朱颜未必富春秋。

自 注

宋谋玚曰：“年少何能富春秋，惟老者可谓富春秋。”

放弟生日作

2010

行年三四五六七，
宁让孔融毋让梨。
鸡虫得失高堂笑，
他日相呼更不疑。

自注

儿时观白石老人画两小鸡争食，题作“他日相呼”，不解其义，大人释云：近日相争。次句孤平任之。

长相思

2010

巴水流，州水流，不到通州不聚头。豁余万里眸。

元亦休，白亦休，两袭青衫任去留。飞来一片鸥。

自注

中国西部诗歌城达州诗歌之乡投建项目签约，龙克索句。达州为古通州。元稹贬通州时，白居易贬江州，俱为司马，唱酬极多。

篆刻歌

2010

铁笔无毫胜有毫，
恢恢游刃细推敲。
须弥快意入方寸，
苍石篆情白石刀。

自注

苍石一作仓石，吴昌硕号。末句孤平，任之。

哀文强

2010

报载文氏临刑，嘱其子好好做人，不得怨恨社会。

人之将死言俱善，
大欲当前总健忘。
时倒一官儿莫喜，
尔如得志较文强。

章太炎

天下才如斗，先生富五车。
东渡再亡命，南冠三系衔。
座仍灌氏骂，鼓任祢衡挝。
白首穷经夕，崇陵噪暮鸦。

自 注

章炳麟号太炎。早年投身革命，两度亡命日本。尝以大勋章为扇坠，大骂袁世凯于新华门，被羁龙泉寺。时称“民国祢衡”。晚年主张读经，不与南京政府合作。

秋璿卿

荒鸡正阒寂，风雨不胜秋。
万古英雄气，一时班左流。
千金买宝剑，九月当貂裘。
华夏怜儿女，岐黄莫乱投。

自注

秋瑾字璿卿。留学日本，投身革命。回国后与徐锡麟等密谋起义，事泄被捕，就义于绍兴轩亭口。有“不惜千金买宝刀，貂裘换酒也堪豪”之句。鲁迅著《药》，以华家人影射麻木之国民，而以夏瑜隐喻秋瑾，用心深矣。

张将军故里

2011

张爱萍故里在达州凤凰山麓，视野开阔，风水极佳。唯高速公路贯穿，殊碍视线。解说员云：本拟绕道，请示于张将军，将军云："一切为经济建设让路，故里也不例外。"

黛瓦青砖宅，素壁山色里。门前高速路，煞此好风水。咄咄观光客，娓娓解说妹。张公一言决，地方慎请示。让道于建设，休倚将军势。还顾揭竿日，天地玄黄际。岂必失业徒，颇有富家子。宁为稻粱谋，信仰在主义。闻风默之久，我敬肃然起。复嗟煮鹤人，未解奉迎事。

自注

"咄咄怪事"语出《世说新语·黜免》。杜甫《自京赴奉先县咏怀五百字》："默思失业徒，因念远戍卒。""焚琴煮鹤"为杀风景之一事，见胡仔引《义山杂纂》。

苏紫紫歌

2011

记者问：形体艺术何以别于色情？紫紫答：我的眼神传达出内心的纯净。

乘奔驭风辞白帝，暮至江陵一千里。
青冢寂寞两千载，其地始生苏紫紫。
对镜无处不可怜，钱塘小小心欲死。
乍令人大复蜚声，不让于丹出名字。
紫紫祖母夙相依，双亲早作劳燕飞。
百逢冷眼甚无助，夜夜发书锥刺股。
一朝深造入京城，翳我独无人有母。
谁欲生存谁面对，侬有身体侬做主。
横看成岭侧成峰，岂曰无衣与子同。
艺术情色一层纸，分水只在阿堵中。
若非一搏更何有，风流刚属九零后。
浪掷青春好时光，等闲白发人老丑。
惟我作场不清场，秋水自可鉴天光。
朱唇休管人齿冷，紫紫心中有北方。
漫把点灯作放火，奚不云赤县有官裸。

自 注

苏紫紫本姓王，湖北宜昌人，中国人民大学艺术系二年级学生，人体模特。《左传·隐公元年》：“小人有母……尔有母遗，繄我独无。”苏轼《题西林壁》：“横看成岭侧成峰，远近高低各不同。”《诗经·秦风·无衣》：“岂曰无衣，与子同袍。”《世说新语·巧艺》：“传神写照，正在阿堵中。”紫紫语：“清场，就好像是干什么见不得人的事似的。”“我的身体里就住着一段北方，时常风沙并袭，时常冰天雪地，而我只是静静观望着，不带着任何情绪。”“只准州官放火，不许百姓点灯”，语出陆游《老学庵笔记》卷五田登事。

日本大地震

2011

日本本州岛海域发生九级大地震，地震引发海啸，祸及仙台、福岛数县市，官方报导死亡失踪人数达两万余，并造成严重核泄漏事件。

鳌奋三山动，公乎归去来。
千家见末日，几县蹈寒灰。
偶共麻姑语，相将黄竹栽。
遥怜大岛茂，余悸小男孩。

自 注

李商隐《华山题王母祠》：“好为麻姑到东海，劝栽黄竹莫栽桑。”大岛茂，日剧《血疑》男主角。小男孩（Little Boy），二战时美国在日本广岛投掷的首枚原子弹。

生日闻本·拉登死

2011

5月2日美国总统奥巴马宣布，本·拉登已在当天的军事行动中被击毙，随后航母将拉登葬于北阿拉伯海。

十年同噩梦，几窟本拉登。
楼悸飞蚊影，魂骑导弹行。
何当平圣战，未可诩金城。
庆父虽云死，危弦弛复绷。

自注

《左传·闵公元年》：“庆父不死，鲁难未已。”

还魂引

2011

一曲还魂风细细。可不是、逢场作戏。解铃自有系铃人，大舞台，小天地。

爱到尽头生死以。好大个、男女关系。得饶人处且饶人，你干杯，我随意。

自注

元好问《摸鱼儿·雁丘词》：“问世间、情是何物，直教生死相许。”语云：“爱你爱到杀死你。”

点评

刘道平曰：此曲针对爱情悲剧的社会现象而做，“还魂”出自《牡丹亭》。“男女关系”在封闭年代被视为禁脔。由于时代和观念发生变化，民间常用“好大个男女关系”调侃那些对小事纠结且不能自拔之人。作者巧借此语，意味着“生命诚可贵”吧。结尾“你干杯，我随意”，据传：下官给上官敬酒，理应说“我干杯，你随意”，由于紧张激动，反说成“你干杯，我随意”。此作多用熟语，一经组合，便成奇绝。初读令人忍俊不禁，细读更使人陷入深思。

朝天峡

2011

乱石当空累十丸，
网箍桩铆冀平安。
人心毕竟思维稳，
便到千钧一发间。

自注

峡在四川省广元市。龚自珍《己亥杂诗》：“弹丸累到十枚时。”

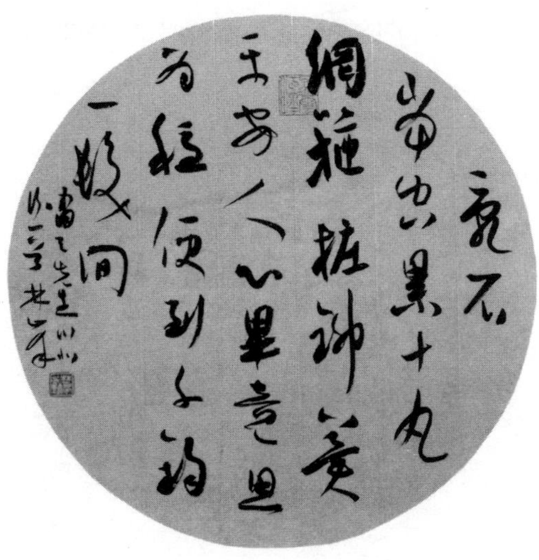

林峰 书

拦马墙

2011

参天皇柏岂非材，
禁伐千秋遥胜栽。
铃转时光隧道里，
前头应有马帮来。

自注

去了一趟剑门蜀道的凉山铺，那里的古柏比翠云廊的更好，更加原生态。“拦马墙”是山路上砌成的一道矮墙，防止马匹跌入深谷。这里的古柏参天，道路甚是萧寂，无多诗意。如果穿越时空，回到千年以前呢，感受会迥乎不同，山间铃响马帮来的情景，将络绎而不绝。总之，现实空间乏味，也不要紧。要么营造一个虚拟的空间，像《夜雨寄北》那样；要么找回一个历史的空间，像此诗这样。《庄子·山木》：“山中之木，以不材得终其天年。”

邓稼先歌

2012

炎黄子孙奔八亿，不蒸馒头争口气。
罗布泊中放炮仗，要陪美苏玩博戏。
不赋新婚无家别，夫执高节妻何谓。
不羡同门振六翮，甘向人前埋名字。
一生边幅哪得修，三餐草草不知味。
七六五四三二一，泰华压顶当此际。
蘑菇云腾起戈壁，丰泽园里夜不寐。
周公开颜一扬眉，杨子发书双落泪。
惟恐失算机微间，岁月荒诞人无畏。
潘多拉开伞不开，百夫穷追欲掘地。
神农尝草莫予毒，干将铸剑及身试。
一物在掌国得安，翻教英年时倒计。
公乎公乎如山倒，人百其身哪可替。
号外病危同时发，天下方知国有士。
门前宾客折屐来，室内妻儿暗垂涕。
两弹元勋荐以血，名编军帖古如是。
天长地久真无恨，人生做一大事已。

自注

1958年邓稼先被约见，说国家要放个大炮仗，令其领军。邓遂与妻子一别二十八年。1971年杨振宁出席上海一宴会，席间得知中国制造核武器并无外人插手，为之泪流满面。邓主持核试验十五次，无不利，向称福将。1979年一次降落伞事故，导致核弹坠地失踪。邓驱车寻到弹头，受到核辐射影响。1985年查出癌症晚期，两报始以专版报导“两弹元勋”事迹。1986年去世，终年62岁。古诗《冉冉孤生竹》：“君亮执高节，贱妾亦何为。”《明月皎夜光》：“昔我同门友，高举振六翮。”

点评

王蒙曰：这首诗写两弹一星元勋，从前四句的不以为意，一下子跳到五、六句的悲壮中来，得多大的气魄与笔力！七、八句写同窗学友，展翅高飞，誉满全球，邓稼先则甘愿隐姓埋名，为国奉献。老王我读之垂泪，并坦承自己委实做不到。“一生边幅哪得修”二句，老王顿足拍案，击节赞叹。话说得如此准确生动新鲜朴实。一代人的奉献精神，全付其中，用字俗而又俗，反成绝唱。“七六五四三二一”二句，诗胆包天！几个数字，把读者拉回到两弹一星实验时令人揪心的倒计时场面。“神农尝草莫予毒”二句谓邓稼先的人格自可与神农氏、干将莫邪同光。“号外病危同时发”二句如雷如电，震耳欲聋！读到此句，能不动容？“门前宾客折屐来”二句，如临其境，如感其情。哀之钦之咏之叹之。“两弹元勋荐以血”二句，诗中有血，句中有泪！让我们缓缓脱下帽子，重复这两句激越绝伦的诗句，向邓稼先致敬！诗人歌颂了做成一件大事的邓稼先，也写就了一首大诗，差可无恨。

刘学锴曰：《邓稼先歌》的开头四句是连贯而下的，中心句是“罗布泊中放炮仗”，乃模仿某位领导人口吻甚至原话，大白话中自含大气魄，以之开篇，正表明邓稼先肩负的是国家民族的重任，与全篇谐中寓庄的风格完全契合。

延安（二首录一）

2012

一篇讲话古来稀，
信抵中原十万师。
劝君莫小秧歌舞，
四面楚声为胜棋。

自注

纪念毛泽东《在延安文艺座谈会上的讲话》发表七十周年。

点评

王蒙曰：纪念讲话这个题目不好写，只拈秧歌写之，是以小见大，举重若轻。

榆林（二首）

2012

4月11日，参观杨家沟，返榆林途中遇大雪，登镇北楼观雪景作。

其一

词人兴会更无前，
踏雪寻梅天地间。
一笔等闲删五帝，
独留魏武着吟鞭。

自注

毛泽东《沁园春·雪》发表于1945年，时人点评："一笔勾掉五个皇帝。"《浪淘沙·北戴河》："往事越千年，魏武挥鞭，东临碣石有遗篇。"

其二

红妆素裹出冰封，
百万银蛇战玉龙。
如此江山谁不爱，
福王非与美人同。

自注

毛泽东《沁园春·雪》：“看红装素裹，分外妖娆。”《念奴娇·昆仑》：“飞起玉龙三百万，搅得周天寒彻。”陈于王《题桃花扇传奇》：“福王少小风流惯，不爱江山爱美人。”

壶口行

2012

九曲黄河朝海走，浊浪一收归壶口。
跳波十里争龙漕，四月生凉风在吼。
横行异代不同时，星海歌兮太白诗。
三川北虏今何在，力挽狂澜仍东之。
忽忆港澳还中国，百石强车作飞跃。
公无渡河公竟渡，五千年史一定格。

自注

为迎香港回归，柯受良曾驾车成功飞越黄河。《黄河大合唱》：“风在吼，马在叫，黄河在咆哮。”李白《永王东巡歌》：“三川北虏乱如麻，四海南奔似永嘉。”李贺《北中寒》：“百石强车上河水。”古乐府《箜篌引》：“公无渡河，公竟渡河。”

毕节行

2012

眼前突兀楼盘广，毕节街箱亦宏敞。夜来寒风驱五儿，可怜身是父母养。鬌发才近一之日，入此室处犹梦想。不祈温度岂穹室，暂得光明剧耗氧。天明竟与鞋履别，拾荒老姥呼不得。昨夜火柴微光里，儿曹可曾睹天国。一方网站苦噤声，四海壮夫难辞责。君不闻、忍寒切肤甚忍饥，饥可画饼哺肉糜。赤县宁无推恩者，苏俄尚有教育诗。蜾蠃能及人之幼，曷不先负毕节儿。

自注

11月16日，贵州省毕节市一垃圾箱内发现五具男童尸体，警方确认他们是辍学儿童，来自一个陶姓农村家族，曾在垃圾箱内生火取暖导致一氧化碳中毒死亡。杜甫《茅屋为秋风所破歌》：“呜呼，何时眼前突兀见此屋。”《诗经·豳风·七月》："一之日觱发，二之日栗烈。无衣无褐，何以卒岁？"《诗经·豳风·七月》："嗟我妇子，曰为改岁，入此室处。""穹窒熏鼠，塞向墐户。"《卖火柴的小女孩》见安徒生童话。《晋书·惠帝纪》："及天下荒乱，百姓饿死，帝曰：'何不食肉糜？'"苏联马卡连柯著《教育诗》，论如何改造流浪儿为新人。《诗经·小雅·小宛》："螟蛉有子，蜾蠃负之。"

2021年我国脱贫攻坚取得了全面胜利，农村留守儿童的问题亦得到妥善解决。

点 评

侯体健曰：周诗多有感而发，题材一方面趋向"小"，日常生活化；一方面指向"大"，善于反映时事。积极地探索用旧形式表达新内容，贴近现实而针砭时弊，应是周诗的一大特点。《毕节行》写贵州毕节市五名辍学儿童在垃圾箱内生火取暖，最后因一氧化碳中毒身亡，尸体被人发现在垃圾箱内之事。诗人驱使语典，融入新辞，将这一悲剧事件记于笔端，并刺向世人之冷漠，读来使人感慨万千。

肖舜旦曰：悲悯深远，寄托深沉，颇具阔大人道主义胸怀，悲情淋漓，令人不忍卒读！

唐山（三首录一）

2012

十秒严于十日屠，
洪杨遗谶最堪吁。
地转真成新地兆，
山河改道大人殂。

自注

洪秀全《地震诏》："地转实为新地兆，天旋永立新天朝。"

王家大院

2012

洪雅县城隍街清代古民居王家大院因城建故被拆除，主人出巨资将拆下的每块木料编号登记，后迁邛崃平乐古镇予以复原。

老宅栖狐畏拆迁，
祖传尺壁守来难。
玉阶吉画三雕美，
金井明堂四进宽。
年代悠悠成故事，
官商草草恃权钱。
一从土遁他州去，
墙内人方刮眼看。

青海湖所见

2012

水出天蓝蓝愈加，
白云翻滚自天涯。
横施一色黄绸带，
青海湖边油菜花。

点 评

张金英曰：如何表现一处景点的特色，与诗人对景物的捕捉能力有密切的关系。青海湖范围之大，怎样才能将美景呈现出来呢？此诗是一个很好的范本。首句描写、议论相结合，表现了水天一色的静景图：湖水之蓝，出于天之蓝，而更胜于天蓝，正如“青出于蓝而胜于蓝”一般，富含哲理。次句化静为动，“自天涯”一语巧妙道出白云在湖底的倒影，描绘了湖底生趣盎然的景致：白云翻滚。如此，静谧的湖水也随之动了起来，使人联想不尽。转句富于想象，妙趣横生。全诗摹景顺序井然，章法有致，以自然流畅的语言呈现了青海湖的静态美、动态美和色彩美。

及良辰，将胜友。与子偕行，与子偕行久。小别重逢一握手。唐古拉山，唐古拉山口。

镜湖平，阴岭秀。雪积云端，雪积云端厚。好客人家处处有。熟了青稞，熟了青稞酒。

点评

黄全彦曰：作者采用清人万树创造的“堆絮体”，在词中反复运用一种在重复中有变化的叠句：“与子偕行，与子偕行久”“唐古拉山，唐古拉山口”“雪积云端，雪积云端厚”“熟了青稞，熟了青稞酒”。尤其是最后两句，“青稞”与“青稞酒”，重叠两个字，却各是一码事，这就好得很。特别适合于歌词，特别适合演唱。全词读起来，有一种不断上台阶的感觉。真是不可多得。

行香子·印象高原

2012

影指家乡，心向天堂。转经筒、百转回肠。天蓝云白，隆达飘扬。有火之红，水之绿，土之黄。

风过湖面，人上山梁。等身头、四季糇粮。弥空幄帐，遍地牧场。点野牦牛，大青马，藏羚羊。

自注

隆达即经幡，一称风马，上印经文。有蓝、白、红、绿、黄五色，像天、云、火、水、土五行。

点评

管遗瑞：隆达五色在词中的搭配，因调制宜，措语之妙也。

行香子·塔尔寺

2012

户有香茶，邻有娇娃。爱风流、一品袈裟。望穿秋水，不愿还家。想乔达摩，梁武帝，宗喀巴。

朝霞堆绣，壁画当衙。话当初、枉自嗟呀。披红着紫，偏宜喇嘛。问骆驼草，菩提树，格桑花。

点 评

星汉曰:《行香子》上下片煞拍至关重要，多以排比为之。上片“不愿还家”的名人，就是“乔达摩，梁武帝，宗喀巴”，不知佛教史者，不能道此；下片“骆驼草，菩提树，格桑花”，未亲至塔尔寺者，不能道此。

户有奶茶满五孺娃爱风流一品袈裟望穿秋水
不厌还家想高达摩梁武帝宗喀巴亲要推绪
壁画当衢话当初枉自嗟呼按红着紫偏宜剌嘛问骆
驼羊菩提树格桑花

周啸天行香子塔尔寺

丁酉岁末 奇晋

刘奇晋 书

题李兵雪山

2013

知白守其黑，
师之贡嘎山。
金秋悬素壁，
一坐凛生寒。

自注

李兵蜀人，自创技法，擅画雪山。曰：墨分五色，白亦如之。画在雪处，更在无雪处。《老子》二八章：“知其白，守其黑，为天下式。”

甲午清明访徐家坝觅得插队圃余抄书所坐旧凳

2014

我幸成材君幸免，
乍逢怯认隔沧桑。
自惭欠坐十年冷，
徂代教留满面伤。
寥落田园何怕饿，
蹉跎岁月未抛荒。
归来对汝良多感，
市已风传为小芳。

自注

余下乡觅得旧凳，归遇诸弟，一个道："你幸而成才，它幸而没有成柴。"一个道："你找小芳去也，结果找到小凳。"相与大笑，引发诗兴。范文澜："板凳宁坐十年冷，文章不写半句空。"赵树理《李有才板话》："锁住门也不怕饿死小板凳。"《小芳》，李春波作词并演唱之歌曲。

题川东游击队烈士陵园

2014

吾曹俱是神枪手，
惯向华蓥深处行。
安得南征驰捷报，
每依北斗望天明。
当时弃子关全局，
过后拆桥嗤不情。
哲妇雌黄真信口，
十年塞耳弗能听！

自注

唐世政筹建此园，并索诗。贺绿汀《游击队歌》：“我们都是神枪手。”柳亚子《感事呈毛主席》：“安得南征驰捷报，分湖便是子陵滩。”

失联

2014

马年本命为马航，不驯天马信由缰。
一士及期行未果，翻如拍肩弄无常。
此马那堪托生死，伊人丹青擅魏紫。
临行赠我成绝笔，失色花容白于纸。
如君安可久失联，应是临危不苟全。
斯时众星拱北极，孰鞭狂且作南辕！
龙心竭诚海可量，马语嗫嚅殊无状。
马迹颇出印度洋，捕月船行南海上。
升天入地总难寻，海底千山何森森。
马或知实坚不吐，深海渐渐听石沉。

自注

3月8日凌晨由马来西亚首都吉隆坡飞往北京的马航MH370客机与管制中心永久失联。中国乘客154人中有民间书画家十余名，银川朱女，擅画牡丹，亦在其中。

呼图壁县发生头羊失足、群羊跳崖悲剧

2014

马年谁谓尔无羊，
三百维群万仞冈。
福倚领头亏一足，
盲从追尾致群殇。
补牢歧路未为晚，
附蔓蓬麻故不长。
老女悲歌休踢地，
后来司牧要思量。

自注

《诗经 · 小雅 · 无羊》：“谁谓尔无羊，三百维群。”“亡羊补牢”语出《战国策 · 楚策》。杜甫《新婚别》：“兔丝附蓬麻，引蔓故不长。”《老子》五八：“祸兮福之所倚，福兮祸之所伏。”北朝《地驱乐歌》：“驱羊入谷，白羊在前。老女不嫁，蹋地唤天。”

张飞夜画

2014

画到虞姬别婿情，
兔毫重似虺矛轻。
图成不见丹青手，
炯炯双瞳暗恨生。

自注

明卓尔昌《画髓元诠》谓张飞喜画美人，善草书。

韩信（二首）

2014

其一

诸公各自握随珠，
潜喜功高莫我如。
明日一军惊绛灌，
汉王几作小儿呼。

自注

《史记·淮阴侯列传》：诸将皆喜，人人各自以为得大将。至拜大将，乃韩信也，一军皆惊。

其二

天若教公竟渡河，
一鞭枉自月明多。
信马不须归众望，
人生足矣得萧何。

自注

今陕西留坝县马道镇有碑云“汉相国萧何追韩信至此”等字。事本《史记·淮阴侯列传》。

子夜变歌（四首录二）

2014

其一

双眸荷静电，
单衫杏子红。
偶然堂上见，
万一孤岛逢。

自注

某培训班请当堂命题为诗，余见座中一女谨重，著绯。令诸生为之赋诗，众皆踧踖，余遂作示范云尔。《西洲曲》：“单衫杏子红，双鬓鸦雏色。”

其二

溱洧方涣涣，
未即褰裳游。
莫道不尔思，
静水有深流。

自注

《诗经·郑风·溱洧》：“溱与洧，方涣涣兮。”《郑风·褰裳》：“子惠思我，褰裳涉溱。”

惠州寄小读者

2014

偶来坡憩处，
山果未知名。
一树尚青涩，
掷地已有声。

自注

惠州东坡书院道中所见，“寄小读者”是后加的。

草船

2014

今夕凭君借草船，
逢逢万箭替身穿。
同舟诗侣休惊惧，
与尔明朝满载还。

自注

获鲁奖后创作。草船借箭事见《三国演义》四六回。

点评

黄全彦曰：船上击鼓，万箭射来，都在草人身上。切莫惊惧，待看明朝，满载而归。一个熟知的三国故事，内里颇富深意。人怕出名猪怕壮，一旦出名，是非口舌也就如影随形缠绕过来，想躲也躲不过，名伶阮玲玉留下“人言可畏”四字，含恨而逝，即是明证。诗人写出了名堂，赢得了赞赏，获得了大奖，名满天下，谤亦随之。亲者不免耿耿于怀。诗人却洒脱道“与尔明朝满载还”，真是潇洒之至。

流水

2014

流水高山自古弹，
鼓琴不易听琴难。
凤凰安得麒麟合，
旷世无胶续断弦。

自注

相传西海中有凤麟洲，仙家以凤喙及麟角合煎作胶，名之为续弦胶，又名集弦胶、连金泥，能续弓弩已断之弦，连刀剑断折之金，更以胶连续之处，使力士掣之，他处乃断，粘合之处，终无所损。事见旧题东方朔《海内十洲记》、张华《博物志》卷三。杜牧《读韩杜集》：“天外凤凰谁得髓，无人解合续弦胶。”

江难（二首录一）

2015

羊角天方夙有闻，
猝逢十九莫逃生。
血写文章教尔汝，
万般不可顶风行！

自注

龙卷风多发于美洲，长江闻所未闻。6月1日风雨夜，重庆东方之星客轮在长江中游湖北监利水域沉没。

主家变故致小狗失所，日与之食，忽寻之不遇

2015

丧家叵耐久承欢，
路遇嗟来每乞怜。
今夜不知何处去，
明朝须有倒春寒。

自注

“廉者不受嗟来之食”，事见《礼记·檀弓下》。

点评

赵义山曰：状丧家之犬摇尾乞怜，凄然如在目前。“今夜不知何处去，明朝须有倒春寒”之移爱于物，生无限怜悯之情，其佛子之心、慈悲之怀溢于言表！

中秋夜不见月

2015

灵药偷窥计已成，
人间天上未忘恩。
欲祈明镜分娇面，
无奈月宫深闭门。

自注

刘希夷《公子行》："愿作轻罗著细腰，愿为明镜分娇面。"

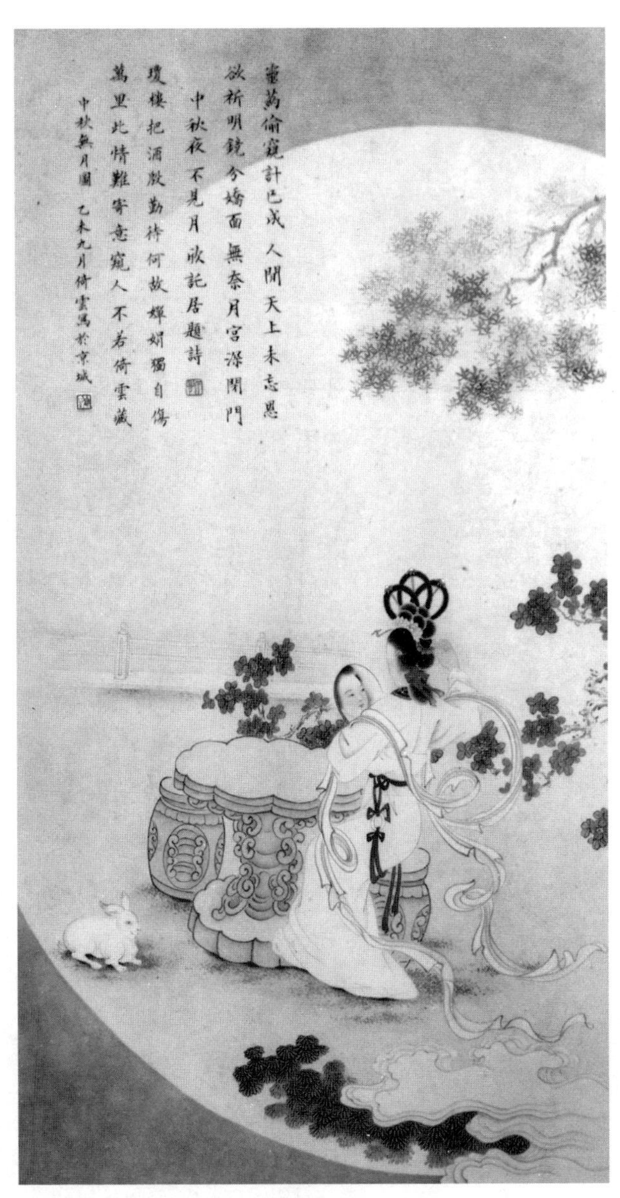
靈藥偷竊計已成 人間天上未忘恩
欲祈明鏡今嬌面 無奈月宮深閉門
中秋夜不見月欣託居題詩
瓊樓把酒殷勤待 何故嬋娟獨自傷
萬里此情難寄意 竊人不若倚雲藏
中秋無月圖 乙未九月倚雲寫於京城

韩倚云 绘

陆小曼

再作新妇，情窦初开。人之多言，仲益可怀。风光满眼，熟视不见。异梦同床，曷若早散。生死冤家，势必聚头。倾盖若故，反目成仇。大限到时，恩怨俱消。与君服素，谁之永号。

自 注

陆小曼，江苏常州人。曾师从刘海粟、陈半丁、贺天健等名家，为著名女画家。擅长戏剧，谙昆曲，能演皮黄，写得一手文章，有深厚古文功底。被胡适誉为北京不可不看的一道风景。初适王赓。后嫁徐志摩。陆徐二人恩恩怨怨的故事，遂成时人之谈资。

林徽音

人间四月，冠盖如云。诸神世界，宜有斯人。太太沙龙，爰笑爰语。引领春风，感郎相许。筑室栉如，爰居爰处。我纵不嫁，子宁不娶。无毁我墙，天问以争。沾溉奈良，恨遗北平。

自注

林徽音即林徽因，生于浙江杭州，嫁梁思成，中国古建筑学科的开拓者，人民英雄纪念碑和国徽深化方案的设计者。著有诗篇《你是人间四月天》等。居北平时为“太太客厅”的主人。少女时在英国为徐志摩所追求，后随父回国，嫁入梁家。徐为听其讲演搭机遇难，北大哲学教授金岳霖为之终生未娶。

赠杨牧

2015

百代骚人例放逐，唐流李白宋流苏。
薪尽黎明传爝火，天狼星下见杨模。
垂髫爱诗语无忌，一言既出不及驷。
覆瓿犹存未烧书，天生我才难自弃。
故园将乱走新疆，盲流如海一身藏。
四海风雅寝其声，石河子内聚凤凰。
莽莽风沙行万里，相看不厌有白杨。
奇思妙句争来送，含英咀华为我用。
月中兔影枕边诗，星下人迹关外梦。
绿风吹绿到星星，一窥塞垣风骨成。
汗中有盐骨中钙，天下谁不慕公名。
无端复渡川江水，却望绿洲是故里。
春暖徒见雁北飞，夜深长绕兵团事。
兵团父老备新巢，契阔谈宴更相招。
天涯真似比邻近，堪笑无缘对面遥。
平生惟恨语不惊，故居两地皆诗城。
两城皆认吾儿是，七十游子愧深情！

自注

本名杨模。《黎明的通知》《火把》俱艾青诗名。“月中”二句，流沙河赠杨牧联语。故居两地，指石河子、渠县。

老兵

2015

誓扫倭奴不顾身，
归来貂锦久蒙尘。
覆盆一揭涕还笑，
纵有轮回免作人。

自注

抗战老兵接受访谈，愿来世不再变人。陈陶《陇西行》：“誓扫匈奴不顾身，五千貂锦丧胡尘。”

枪案

2015

血溅校园胜自防，
人权捍卫到持枪。
白宫两院欲联手，
国是难同军火商。

自注

美国枪击事件近年呈井喷之势，本年平均每天发生一次枪击案。与此同时，美国的控枪立法改革在多方角力下毫无进展，奥巴马无奈道：“我在讲台上的反应最终也将成为例行公事。”

一禾

2016

务工千里外，
棚户一禾生。
孤穗将结子，
故园应秋成。

带犬

2016

带犬层楼去，
倚人步步高。
小区欲灭鼠，
毒杀流浪猫。

自注

小区排门告示，欲投毒灭鼠。愤然得二句，有猫鼠字，联想及犬，遂成一绝。

《诗刊》创刊六十周年索句，遥有此寄（二首）

2016

其一

哲人诩谬种，首发壮诗刊。
子结三千岁，花开六十年。
汉唐宜有后，兴会更无前。
翻出手心去，华章信可传。

自 注

毛泽东《致臧克家等》：“因为是旧体，怕谬种流传，贻误青年。”又《浣溪沙·和柳亚子先生》：“诗人兴会更无前。”

其二

京华还宿雾，蜀国有仙山。
来我二三子，住他八九天。
月寻玉垒后，风采锦江前。
伯乐不常有，妄为无马谈。

自 注

韩愈《杂说》：“千里马常有，而伯乐不常有。”

恶之花

2016

2001年9月11日早上，两架被劫持客机分别撞向纽约曼哈顿地标式建筑、世界贸易中心两座110层高之摩天大楼，两楼相继坍塌，五座比邻建筑亦损毁。另一被劫持客机撞向华盛顿五角大楼，致局部结构损坏并坍塌。遇难者达3000人，含400余名消防救援人员。美国经济损失达2000亿美元，全球经济损失达10000亿美元。美国民众心理遭受重创。美国因此发动反恐战争，兵连祸结于多国，和平遥遥无期。余衔之16年，始为此歌。

千尺楼高双子座，黄鹤之飞不得过。
北塔懵为客机袭，南塔莫逃飞来祸。
黑云压城白絮喷，合众秋防势若崩。
寰球争睹啊买噶，不知尚伏几天兵！
西风猎猎日高起，坠楼人落如红雨。
仰天布什神形沮，基地拉登魑魅喜。
血色失处毅色壮，人须疏散君须上。
吹火蜡屐不再著，四百义士凌烟葬。
日轮西下寒光白，真主无言上帝默。
紫气渐随双塔移，妖光暗射星条蚀。

恍惚偷袭珍珠港，广岛长崎应若响。
高句丽挟洲际弹，黑客指破互联网。
文明魔道递相高，恶之花发久夭夭。
君不见反恐反更恐，天方兵气何时销！

自注

啊买噶，Oh my god（我的天呐），为2001年度关键词。李贺《雁门太守行》：“黑云压城城欲摧。”又《将进酒》：“桃花乱落如红雨。”阮孚吹火蜡屐，事见《世说新语·雅量》。韦庄《秦妇吟》：“日轮西下寒光白，上帝无言空脉脉。”“紫气潜随帝座移，妖光暗射台星坼。”

点评

赵义山曰：美国纽约世贸中心遭遇“基地组织”头目本·拉登策划的恐怖袭击，其地标性建筑双子塔被恐怖分子劫机撞塌，约3000人伤亡，场面极其惨烈，震惊世界。事发之后，人们因仇美或亲美表现出不同态度，或同情哀挽，或幸灾乐祸。诗人没有局限于这一事件本身，而是把它与二战以来如美国珍珠港被袭、日本长崎广岛遭原子弹轰炸、朝鲜的导弹试射、黑客的互联网攻击等等事件联系起来，从人类和平与安全的最高原则出发来审视这一切，将暴力对抗双方站在各自立场都可视为辉煌胜利的“成果”，称为“恶之花”，因为它们最终带给人类的都只会是罪恶和灾难，所以作者期待它们的消亡：“天方兵气何时销！”这在20年前的特殊时代环境中，比起毫无人性的幸灾乐祸或不问就里的大声谴责，诗人显示出了更高的人性觉悟，这是十分难能可贵的。至于内容方面还有对事件救援中“四百义士”英勇献身精神的着墨，以及对双子塔遇袭事件生动形象的艺术呈现、起承开合自然得体的章法技巧等等，无须赘言矣。

小梅花·开封行

2016

同星汉兄观大宋东京梦华水上实景演出。

天山北，华阳国，相招尔汝鼓云翼。访名都，识皇图，踏遍青山阅尽几西湖。壁间窈窕瘦金字，似诉当年花石事。泪婆娑，对宫娥，一旦沈腰潘鬓俱消磨。

何须罪，何须对，忍看御榻他人睡。白纶巾，扑黄尘，清明上河曾是画中人。诗词院本诸宫调，运去百工皆北漂。泛楼船，客梁园，今夜同君穿越一千年。

自注

据《续资治通鉴长编》载，宋太祖赵匡胤对南唐使臣曰：“不须多言，江南亦有何罪，但天下一家，卧榻之侧，岂容他人鼾睡乎。”传说宋徽宗乃李后主后身。

宽窄歌

2017

峨眉自古路朝天，最是公来不禁山。半边容我与君走，尚与路人留半边。君不见高空王子阿迪力，观者如山俱屏息。君不见开元大道如青天，白也尔独不得出。渺渺一尘历劫波，爆炸徒生几千河。却看地球渐成村，迩来天下被网罗。天涯未及纳米宽，咫尺何啻万光年。合德分苏讵可料，神州已着非常道。一带一路亦人谋，两道岛链听天造。疏可走马不容针，窄如扁担栖仨人。纪昌习射已贯虱，庖丁解牛新发硎。人生达命信可乐，夜航船上伸伸脚。最窄莫过牛角尖，掉头一吹动寥廓！

自注

省社科院组织朗诵会于宽窄巷，即以

宽窄为题作歌。杜甫《观公孙大娘弟子舞剑器行》：“观者如山色沮丧。”李白《行路难》：“大道如青天，我独不得出。”纪昌学射事见《列子·汤问》。庖丁解牛事见《庄子·养生主》。“这等说起来，且待小僧伸伸脚”语出张岱《夜航船》序。

悼余旭

2017

铁衣万里度寒光，
布偶长留西阁床。
今夜溅溅鸣易水，
不闻唤女有高堂。

自注

余旭，1986年生于四川崇州，中国第一位歼10战斗机女飞行员，2016年牺牲于河北唐山。《木兰诗》：“不闻爷娘唤女声，但闻黄河流水鸣溅溅。”“万里赴戎机，关山度若飞。朔气传金柝，寒光照铁衣。”“开我东阁门，坐我西阁床。”

题鱼庄

2017

人生无欲不成欢，
莫厌素鳞行玉盘。
得忌口时须忌口，
上钩容易脱钩难。

自注

杜甫《曲江二首》：“莫厌伤多酒入唇。”又《丽人行》：“水精之盘行素鳞。”

点评

张金英曰：诗题鱼庄，巧用谐音，“欲”乃“鱼”也，诗人用双重否定句式强调了肯定的意思：有鱼一定会有快乐！次句化用了杜甫《丽人行》“紫驼之峰出翠釜，水精之盘行素鳞”，反映出食客对美食的挑剔。三句宕开，道出另类含义——虽然莫厌倦美食，但该忌口时还是要忌口，因为“上钩容易脱钩难”，言在此而意在彼。

戊戌春日植树天下诗林

2018

予今种树汝乘凉，
欲赠蘋花异代香。
汝坐霞光千道里，
忆予曾对此斜阳。

自 注

诗林在郑州黄河边仙客来坊园区。

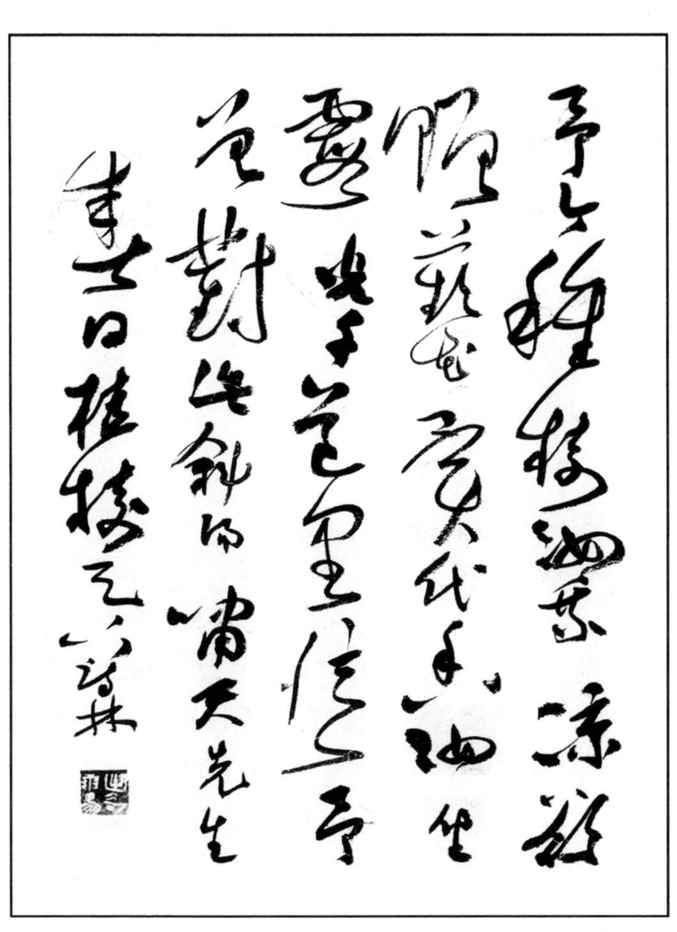

何开鑫 书

访杜甫纪念馆

2018

斯人一敛春秋笔，
此地空余笔架山。
既断曹刘难并驾，
何妨屈宋作衙官。
极评须到千年后，
妄议休凭十首前。
今日故园开甲第，
富儿趋鹜共流连。

自注

馆在巩义市南瑶湾村。笔架山在杜甫诞生窑后。杜审言云：“吾文章当得屈、宋作衙官。”王世贞云：“十首以前，少陵为难入；百首以后，青莲较易厌。”杜诗：“朝扣富儿门。”

吊刘禹锡墓

2018

刘郎毕竟是诗豪，
唱得竹枝题得糕。
抱我琴来寻旧墓，
对君曲莫奏前朝。
一杯酒向名园酹，
万里沙从大浪淘。
燕子飞飞人去也，
遗篇默默想风标。

自注

刘禹锡墓在荥阳市豫龙镇。宋祁诗：“刘郎不敢题糕字，虚负诗家一代豪。”是日祭墓，沈华维司仪，刘庆霖酹酒。

点评

高昌曰：前二句为“刘郎不敢题糕字”翻案，认为唱得竹枝词的诗人，必然题得“糕”字。作者自己就是一位“唱得竹枝题得糕”的诗人。全诗举重若轻，水到渠成，中规中矩，平易简洁。给人很舒服的阅读体验。尤其中间两联在句式上的陌生化努力，十分惊艳。“抱我琴来寻旧墓，对君曲莫奏前朝。一杯酒向名园酹，万里沙从大浪淘”，作者巧妙化用刘禹锡名句，并采用“三一三”的少见句式，庄中蕴谐，散中藏律，圆和流转，既有深味，又极轻灵。

吊李商隐墓

2018

集合千家爱玉溪，
无端诗就每无题。
一生孰与开襟抱，
两党从来有勃谿。
刚道夕阳无限好，
忽然云雨尽堪疑。
此行欲剪西窗烛，
又道归期未有期。

自注

墓在荥阳。按：河南李商隐墓有三处，其余两处在博爱县、沁阳市。是日天气晴雨不定。

第八届中国杏花村清明诗会

2018

池州无雨不清明，
貌尚从容意已奔。
隔浦牧童呼不应，
风香引到杏花村。

贵州某地斗牛，两牛于对撞一刻罢斗，同胞相认故也

2018

声息潜通两觳觫，
临场罢斗色凄凉。
人心恐未安于此，
兽道元来狠有方。
萁豆相煎伤尺布，
原田偕作恋斜阳。
凭君莫话斗牛事，
必不甘休易以羊。

自注

《孟子·梁惠王上》“齐桓晋文之事”章：“然则废衅钟与？何可废也，以羊易之。”

点评

星汉曰：乡村斗牛，区区小事，作者能翻出大道理，“同胞相认故也”。世间“人心”尚不如“兽道”乎？此律用典而不为典所用，用熟典而不用僻典，是为所

长。且看“觳觫”，源自《孟子·梁惠王上》；萁豆相煎，源自曹植《七步诗》；尺布，为“一尺布，尚可缝”之缩语，源自《史记·淮南衡山列传》；“原田偕作恋斜阳”，李纲《病牛》诗：“耕犁千亩实千箱，力尽筋疲谁复伤？但得众生皆得饱，不辞羸病卧残阳。”为此诗所本。“易以羊”，见作者自注。这才是当代教授的诗！以诗词卖弄学问者，见此能不赧颜！

红军文化陈列馆

2018

万家墨面苦秦久，
半卷红旗张楚来。
子弟八千均土地，
妇姑十九做军鞋。
若非猿鹤虫沙友，
都是樊滕绛灌才。
试问初心何处觅，
疏行大字凿苍崖。

自注

馆在达州通川区罗江镇，“将星璀璨”展区陈列王维舟、张爱萍、陈伯钧等五十余位将军及老一辈革命家的事迹。

马渡关李家院听歌

2018

斯人惯作溜溜调，
故里犹开淡淡花。
风物偏于雨霁好，
江山直待赋诗夸。
老公绝唱八台雪，
幺妹甘分六口茶。
歌到面红心跳处，
素娥羞被暮云遮。

自注

李依若，故居在宣汉县马渡关，传为《康定情歌》歌词作者。《八台雪歌》滕伟明作。《六口茶》湖北恩施民歌。

行香子·八台山日出

2018

巴山绵亘，八叠为峰。几千转、跃上葱茏。气违寒暑，服易秋冬。竟霎时雾，霎时雨，霎时风。

雀呼起早，目极川东。浑疑是、开物天工。阴阳一线，炉水通红。看欲流钢，欲流铁，欲流铜。

自注

贾谊《鹏鸟赋》：“天地为炉兮造化为工，阴阳为炭兮万物为铜。”

点评

刘庆霖曰：作者看日出的时候，恰巧我也在场。那天早晨的太阳从升起于大巴山到钻入云层，只有2分47秒。可就在这短短的时间内，天地的壮美被诗人抓住了，作者把这一瞬间的天地，比喻为天工开物时的“熔炉”，“浑疑是、开物天工。阴阳一线，炉水通红。看欲流钢，欲流铁，欲流铜”。诗人不但看到了美，也感受到了力量，并将这种力量付于笔端，有一种“天人合一”的意境，把天地自然和人放在平等交流的位置，我称此为“生命思维”，诗人捕捉到自然之力量，便会增添笔力。这首词便是成功的一例。

星汉曰：下片煞拍“看欲流钢，欲流铁，欲流铜”绝佳。由宋应星的《天工开物》说起，把太阳初升的“阴阳一线”，比成“炉水通红”，贴切形象。星汉尚未见前人有此比喻，既然啸天吟兄于此道出，恐怕也就绝后了。

巴山綿亘八疊為峰幾千轉躍上蔥蘢氣
達寒暑服易秋冬竟霎時霧霎時雨霎時
風　雀呼起早目極川東渾疑是闢物天
工陰陽一線爐水通紅看欲流銅欲流鐵
欲流銅

周嘯天詞 行香子 八臺山日出 己亥初冬 徐煒書

徐炜 书

正宫·叨叨令·玻璃栈道

2018

类踏空头皮麻处心儿乱，犹拍胸口称不怕声儿颤。干青云高处难习惯，正三观努力朝前看。兀的不弄煞人也么哥，兀的不弄煞人也么哥，啥声儿活像来自阎王殿。

自 注

据说栈道设有晶体破碎的音响机关。

君为我击瓴

2019

君为我击瓴，我为君鼓筝。赵曷亏秦璧，秦不予赵城。君子耻争列，肉袒行负荆。将军百世士，相如千载人。罔使曲在赵，宁使曲在秦。

自 注

语本《史记·廉颇蔺相如列传》。

病非查不出

2019

病非查不出，人就医而死。扁鹊以为功，蔡桓被暗示。岂必入膏肓，浅表在肠胃。一麻令人酥，再麻令人醉。三麻遂不起，吾恸卢子贵。

自注

卢子贵先生雅望非常。镜检肠胃，再施全麻，无疾而终，享年87岁。

姑父百岁冥诞外弟转与红包

2019

蔡家行走事非遥，
托梦幽窗犹昨宵。
灯下情知姑是客，
醒来几自见红包。

自注

蔡家亲即姑表亲，以东汉蔡邕母为袁熙姑也。

谒灵

2019

超海挟山能几回，
生离死别两堪哀。
儿今病足垂垂老，
赵巧连灯永不来。

自 注

台湾圆山忠烈祠，远征军赵姓子清明告白：“爸爸，这是我最后一次看你了，我老了，走不动了。”

读陆游示儿

2019

提笔作诗投笔终，
惟悲不见九州同。
语罢殊无卖履意，
曹瞒到此不英雄。

自 注

分香卖履，喻人临死念念不忘妻儿。曹操《遗令》：“余香可分与诸夫人，不命祭。诸舍中无所为，可学作组履卖也。”

凤凰台上忆吹箫·咏珍珠滩瀑布

2019

光生碧海，色幻瑶池，算来此水仙居。想清凉无汗，玉骨冰肤。一袭香丝撒地，簪不得、欲倩人梳。晴犹雨，恍闻天语，上善无鱼。

怡愉。这回去也，倚马可千言，率尔操觚。似泉流万斛，文出三苏。记取惊湍直下，如乱溅、乐府群珠。乘清景，作诗火急，逸失难摹。

自注

孟昶《玉楼春》："冰肌玉骨清无汗。"李贺《美人梳头歌》："一编香丝云撒地。"苏轼《腊日游孤山访惠勤惠思二僧》："作诗火急追亡逋，清景一失后难摹。"

谒金门·罗依乡晚会

2019

山寨客，最是销魂时节。振袖倾鬟歌切切，柔肠千百结。

烧烤飘香未绝，踢踏要眇成惑。逐月采花情曷极，须防伊抹黑。

自注

南坪采花调，从正月唱到腊月。晚会结束一刻，女郎以锅灰袭脸，游客猝不及防。

浪淘沙·九寨黄龙机场即事

2019

一字写三茴，仓颉为非。归心此际疾如飞。毫厘之差犹万里，不许登机。

死马或堪医，吾望几希。长针夺秒短针催。绝地龙驹蹄自奋，跃过檀溪。

自注

内子萧姓与订票信息之肖字不符，受阻于检票口，经多方协助，修改信息，未至贻误。

双调·水仙子·渠县

2019

七尊汉阙冠吾华，六柱棂星俯三巴，賨人遗址说城坝，大刚来不是夸！徕名家谁是名家？马东篱古道鞭着瘦马，李青莲汉杯咂酒当茶，陶渊明和露欲采黄花。

自注

马致远号东篱。“汉杯”“咂酒”为渠县酒，“黄花”为渠县土产。

汉宫春·诗词名家采风渠县

2019

白汝来前！有万家酒店，十里桃花。情深无与伦比，天许奇葩。明珠万颗，一甕收、尽吸流霞。中使至、酣眠推醉，御前羯鼓交加。

睡觉王侯故里，正初回光景，恰到桑麻。冯公车骑既逝，贼众惊嗟。狂呼绢素，集贤宾、笔走龙蛇。三日外，诗留李渡，不须见戴随他。

自注

“伦”双关汪伦。“王侯”，王平封安汉侯。“冯公”，冯绲，追封仁济王，庙号土主，本神极灵，谚云：“贼不怕渠县人，只怕渠县神通者。”“李渡”，渠县渡口名，因李白过此得名。王子猷雪夜访戴，事见《世说新语·任诞》。

鹊桥仙·三D打印

2020

乘天奔雾，西天直上，俩美猴王撞脸。黑松林路狭相逢，抡板斧、这厮大胆。

高斋荣宝，老人白石，真迹几回难辨。东坡再造一朝云，效比目、相看不厌。

自 注

真假猴王事出《西游记》五七回；真假李逵事出《水浒传》四二回；荣宝斋水印木刻高仿齐白石画，作者本人难辨真伪，出近事；东坡为朝云造像，想当尔尔。

卫星定位

2020

深隧穿山高架桥，
齐州名胜递相招。
八达四通归定位，
驾游若个不逍遥。

自注

改革开放以来，中国发展迅猛，缩影端在一路。逢山钻洞，遇壑搭桥；卫星定位，如虎添翼。国人出行，无往而不利矣。李贺《梦天》：“遥望齐州九点烟。”

汉广

人无嗜欲，可以休思；护无疫苗，可以求思。汉之广矣，可以泳思；江之永矣，可以方思。

翘翘错薪，言刈其楚；之子逆行，言秣其马。汉之广矣，可以泳思；江之永矣，可以方思。

翘翘错薪，言刈其楞；余子芸芸，言宅其居。汉之广矣，可以泳思；江之永矣，可以方思。

有衣

防疫有衣，与子同袍。国于逆袭，医在前茅。与子同仇！

防疫有衣，与子同泽。国于逆袭，人自为宅。与子偕作！

防疫有衣，与子同裳。国于逆袭，飞速用兵。与子偕行！

点评

赵义山曰：庚子大疫，人类大灾，武汉封城，举国驰援。骚人墨客，歌咏之诗章连篇累牍，或古或律，或词或曲，不可胜计。而仿《诗经》之旧体，咏抗疫之新事者鲜矣。此诗拟《诗经·秦风·无衣》，原诗歌咏秦国将士团结御侮的激昂斗志，此诗标题翻作“有衣”（防疫服装），借以表现全国人民尤其医务工作者勇赴疫区的“逆袭”义举，非常贴切。形式上采用《诗经》风诗惯用之叠章方式，仅变化原诗各章一、三、四句，原诗二、五句则保持不变。不变，保留了原诗团结奋勇的精神和重叠反复的民歌风味；变，则汇入抗疫的时代新风；不变，保留了“旧瓶”的古色古香；变，则融入了富有时代气息的新酿：在变与不变中完成了一首“旧瓶新酒”的上乘之作。

天葬

2020

天寒地冻阵云高，
河谷风尘晚更嚣。
雪域高原人守土，
共将碧血许神雕。

自注

6月15日中印加勒万河谷边境冲突中，我四勇士壮烈牺牲。

贺岁

词韵

2021

地铁而来地铁还，
人生离合转头间。
共添华发心难老，
分享奇文帖未删。
何限风光成故事，
几多话语涉新冠。
早春不速如期至，
为有儿童盼过年。

自注

成都地铁八号线通，首访郭君宽宏。

宾至

词韵

2021

濯锦江边未满园，
迎宾况复值新年。
水洒泥封和露种，
囊中不缺买花钱。

点 评

管遗瑞：写获得感而有分寸，是谓知足。

暗香·双井茶及其他

2021

碧潭飘雪。料当初不过，千山一叶。只眼陆生，唤起佳人薄言撷。瑶席玉杯甘露，浑不羡、泉香酒冽。双井坞，苏黄意气，相呼互濡沫。

敌国。富渐积。纵英伦路遥，舟马齐力。翠尊应泣。罂粟红茶久市易。悄悄福钧过处，又掠去、万树寒碧。说知识、有专利，何由见得！

自注

福钧，Robert Fortune（1812—1880），维多利亚时代的英国园艺学家，盗走中国茶叶秘密，从而改变了英国人早餐习惯的人。黄庭坚句："万仞峰前双井坞，婆娑曾占早春来。"入声，上下片各依一韵。

壶臻四善

2021

辛丑中秋，水井坊典藏酒以核心讯息“陈香圆润”索藏头诗，并请嵌入“水井典藏”四字，因题一绝。

陈王典藏愧相如，
香气氤氲满蜀都。
圆月酡颜沉水井，
润于玛瑙浸冰壶。

自 注

这首诗“藏”作仄声（读如宝藏、道藏的藏）。意译即：才高八斗的曹植比不过学富五车的司马相如，天下最好的美酒佳酿出产在蜀国的成都。沉醉的月亮从水井里露出红红的脸儿，宛如大颗玛瑙泡在冰壶里一样漂亮。结句宋诗。

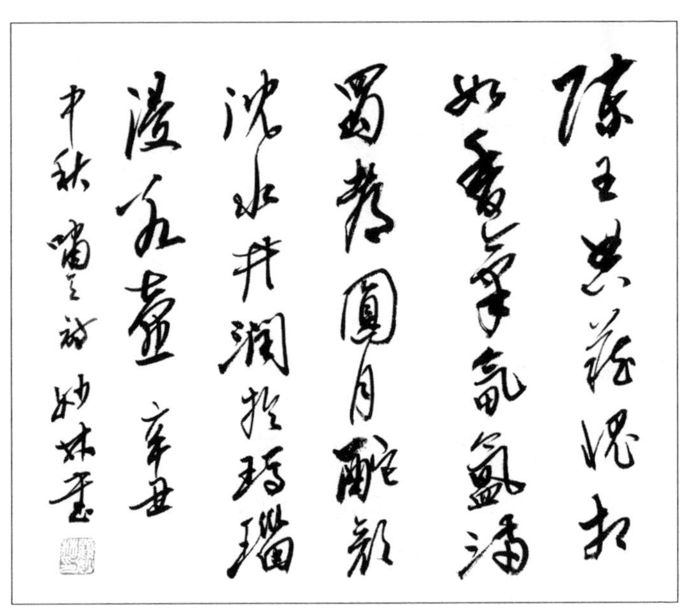

顾妙林 书

小区

2021

柴门独辟对江开，
次第风光惠眼来。
赊酒须为东道主，
代庖倚重北州回。
三径不愁人洒扫，
百花曷用我栽培！
良辰景共平生友，
更拓阳台作露台。

自注

乡人语：“借钱要请客，醉死要喝酒。”小区外清真馆，西红柿炒蛋、葱油盖浇饭，俱吾所爱。拓阳台作露台，以宽茶座也。

珠穆朗玛峰

2021

客有抱《诗词游中国》一编而来者，缺珠峰诗，命题。

八千米雪柱晴空，
休把寒冰语夏虫。
剧怜孔子小天下，
未识人间第一峰。

自注

世界最高峰，海拔为8800余米，此取整数。庄子说："夏虫不可语冰。"《孟子·尽心》说孔子"登泰山而小天下"。而泰山海拔不足3000米。

诗话一五六则

一、广义的诗教，不是教人做诗，而是教人做个诗性的人。诗教的鼻祖是孔子，《论语》中没有一首孔子的诗。眼界高的人，往往不肯措手，不肯枉抛心力，止于想得到的好。然而孔子最是诗性之人。

二、诗教说到底是一种美育。它教人读诗、爱诗、懂诗，而并不要人人都成为诗人。孔子说“小子何莫学乎诗”，而不说“小子何莫做乎诗”。孔子不做诗，孔门弟子也不做诗，但讨论起诗歌来，都有很高的见地。他们是一群心智健康的人，是一群诗性的人。

三、马克思说：“对于非音乐的耳，再美的音乐也是没有用的。”而美育的目的，就是要让人具有一对音乐的耳，以及一双慧眼。（阎肃词：“借我一双慧眼吧。”）换言之，就是培养其审美直觉的能力。

四、《礼记·经解》云："孔子曰：入其国，其教可知也。其为人也，温柔敦厚，诗教也。"何谓"温柔敦厚"？一言以蔽之，近人情耳。故张问陶云："好诗不过近人情。"

五、在人一生的教育中，诗教的作用超过"思教"。冯小刚谈电视剧拍摄理念，曰：有意义不如有意思。写诗亦如之。所谓意义，即思想教育。所谓意思，即审美教育。此之谓"诗可以兴"。审美教育，莫如诗教。

六、在我看来，《声律启蒙》的重要性不亚于《三字经》，更不用说《弟子规》。可以教儿童认识汉语之美，领略平仄思维与对仗思维的魅力，领略母语的魅力，从而由于热爱母语而热爱家乡、民族和祖国。背得一段也好。

七、奥登说："诗的功用无非是帮我们更能欣赏人生，反过来说，帮助我们承担人生的痛苦。"普陀山的普济寺有一块匾额曰"与乐拔苦"，就像是这话的缩本。

八、诗使人以审美态度观赏人生。郑家诗婢一个问"胡为乎泥中"，一个答"薄言往诉，逢彼之怒"时，就消解了涂炭之苦。杨子荣见座山雕，以"宝塔镇河妖"答"天王盖地虎"，就化险为夷，作用相当于对诗，有游戏的意味。

九、李后主之词超越词人一己之利害，把一切众生伤逝的悲哀都写出来，也就帮助众生承担了人生的痛苦。所以王国维说他："俨有释迦、基督担荷人类罪恶之意。"

一〇、只要是诗人，必有慈悲的一面。谭元春评曹操："此老诗中有霸气，而不必王；有菩萨气，而不必佛。”“有菩萨气，而不必佛。”也便是诗心深契佛心之一转语。

一一、“欢愉之辞”可以帮助我们更能欣赏人生，“穷苦之言”则帮助我们承担人生的痛苦，这是一块金币的两面，缺一而不可。所以陶渊明说“欣慨交心”，弘一法师说“悲欣交集”，王蒙说“泪尽则喜”。

一二、“金刚怒目”与“菩萨低眉”，也是一块金币的两面。所以，“诗可以怨”，其于佛心，虽不中亦不远矣。

一三、诗词学会要谈诗词，不可越俎代庖，忘了本等。将近来读到的惊艳之作，与人分享，即善莫大焉。

一四、诗者，释也。人秉七情，应物斯感，或为之苦恼，或为之困惑，或为之激动，或为之神往，“心有千千结”。须释而放之，才能复归宁静，复归圆融。故白居易曰：“泄导人情。”释放即放下，放下即般若。以此观之，诗心之深契佛心，非偶然矣。

一五、在通常情况下，诗心归诗心，佛心归佛心，无须混为一谈。诗的立场是执着人生的，满足人们的精神需求；而佛的态度是通向彼岸的，满足人们的灵魂需要——风马牛不相及。不过，唐诗高处往往通禅。或者说，诗心深处，往往契合佛心。

一六、有一种观点认为，喜悦会影响诗的深度。王蒙说：“我二十二岁以前也是这样想的。而我后来的经验与修养是‘泪尽则喜’。喜是深刻，是过来人，是盔甲也是盾牌……请问，是‘为赋新诗强说愁’深刻，还是‘却道天凉好个秋’深刻呢？是泪眼婆娑深刻呢，还是淡淡一笑深刻呢?”

一七、诗的方法，也通于禅。司空图说：“不着一字，尽得风流。”禅宗则说：“不立文字，教外别传。”严羽说：“大抵禅道惟在妙悟，诗道亦在妙悟也。且孟襄阳学力下韩退之远甚，而其诗独出退之之上者，一味妙悟故也。”

一八、诗才，是从阅读中产生的。读到什么份上，才可能写到什么份上。读到见了诗家三昧，不写则已，写必不落公共之言，下笔即有健语、胜语、妙语，而无稚语、弱语、平缓语。

一九、什么是诗人？我有一个定义——凡是全身心去感受、琢磨人生而又有几分语言天赋的人，便有诗人的资质。

二〇、一个诗人有两个琢磨，一是琢磨生活，二是琢磨语言，两个琢磨都到位时，写出的东西就“不摆了”。

二一、只琢磨语言，不咀嚼生活，会失之浅（陆游曰：“纸上得来终觉浅”），失之油滑。只琢磨生活，不推敲语言，会失之粗，所谓字词句不到位。粗浅，非诗之至也。反之，是深细，是精深。

二二、作者一要妙悟，二要饱学，三要不端架子，四要不落俗套，五要文白兼善。天机清妙而学富五车者，偶尔为之，便成妙谛。

二三、我小时候看过一本苏联读物，书名叫《我看见了什么》。对这本书我只记得十来页内容，却非常喜欢这个书名。因为它符合我的一个写作理念，就是：写作能力、写作水平是从阅读中得来的，写作水平取决于“我看见了什么”。

二四、我有一句话，是依照孔子的一个句式造的一个句，就是“读也，写在其中矣”。这是我自己的一个人生体验，就是人的写作能力，是从哪里来的？是从天上掉下来的吗？不是。人的写作能力是从阅读中得来的。

二五、每个人都可以直接阅读生活。但是每个人的生活经验都不相同。你不能拥有别人的生活，那么，通过阅读，你能间接地获得别人的生活经验。所以阅读是非常重要的，写作能力是从阅读中得来的。

二六、最好的语言，杜甫称之“老”，老练、老成的“老”。就是说，它非常成熟，哪怕他说的就是白话，但是你就觉得无可挑剔，觉得这个话就要这样说最好。要做到这一点，确实需要在“读”的方面下很大功夫。

二七、熟读成诵，可以使古典作品中的形象、意境、风格、节奏等都铭刻在脑海中，一辈子磨洗不掉，程千帆如是说。至于平仄、入声、格律、语感等，也都不在话下。写出想不到的好，无一例外，都是“循绳墨而不颇”之人，“随心所欲不逾矩”之人。没有一个人想大动干戈，去改良诗体。

二八、诗家刘梦芙自叙曰：“余诗沾溉唐以下诸家，于汉魏两晋未尝用心，气格未致高浑，辞句每患浅弱。”

此真人不说假话。我素不能饮，亦为之浮一大白。

二九、一切艺术都含有几分游戏的意味，诗歌也是这样的。由诗歌派生出的文字游戏很多，如酒令、诗钟、联句、步韵等等，不一而足。在孔子的“诗可以兴，可以观，可以群，可以怨”之后，还可以加一句“可以玩”。

三〇、人不能两次在同一条河流中蹚过。田晓菲女士说：“不仅要牢记新诗的诞生是对旧体诗的抵制，还要记住新诗的出现改变了旧体诗的创作。”善哉斯言！

三一、从来诗词不外乎两种，一种是创作，一种是组装。诗词在古代，有社会应用功能，联句、唱酬、步韵是写作习俗，而节日、聚会、离别、生日是写作由头。其间创作，唯天才能之；组装，则比比皆是。

三二、创作须有感而发，有话可说，切忌找些话来说。找些话来说，是谓拼凑。

三三、初学宜做加法，追求应有尽有。学到一定程度，则要做减法，追求应无尽无。

三四、作品好不好，要看完成度高不高。完成度高的作品，做到了八个字：“应有尽有，应无尽无。”“麻雀虽小，肝胆俱全”，是应有尽有；“凫胫虽短，续之则忧”，是应无俱无。

三五、题材不是问题，关键要看是不是你的“菜”。第一，是否真正有所触动。第二，是否引起生动的联想。第三，腹笥中有没有够用的语汇。第四，语汇有没有意想不到的组装。鲁迅说：“从水管里流出的都是水，从血管里流出的都是血。”

三六、当代作者须强化创作意识——写个人经历，从自己跳出来；写社会题材，把自己放进去。尽弃登临聚会无关痛痒之作。

三七、每一首诗词都应该成为一次美的发现。要新题，不要滥题。一本诗集，观其题多一时登览、又逢佳节、浮华交会、闻风慕悦、送往劳来、步韵奉和之类，则其诗可知。

三八、写诗之乐在于发现。杨万里诗曰：“小荷才露尖尖角，早有蜻蜓立上头。”是蜻蜓发现了小荷，是杨万里发现了蜻蜓的这个发现，是以妙到毫巅。

三九、读诗之乐亦在发现。当我说杨万里发现了蜻蜓的发现时，听众中有人说：“您发现了杨万里的发现。”满座为之粲然。诗友在一起，交流读诗的发现，胜过交流自己的习作。

四〇、毛泽东说，朱自清不神气，鲁迅神气。神气之文，乃有阅读快感。聂绀弩说：“完全不打油，作诗就是自讨苦吃。”切勿小看口语，其快感来自不隔。

四一、诗词是情绪释放的产物，故始于兴会。佛罗斯特云：“诗始于喜悦，止于智慧。”所谓喜悦，即乘兴而来，佛语谓之欢喜；所谓智慧，即兴尽则止，佛语谓之般若。兴会是创作欲望、创作动力，又称灵感、兴致、兴趣。

四二、诗须缘事而发，否则为无病呻吟。然所缘之事，或不止一端，竟至百端交集。更有甚者，竟若无端。

故李商隐诗云：“锦瑟无端五十弦，一弦一柱思华年。”

四三、陈衍说：“东坡兴趣佳，不论何题，必有一二佳句。”例如：“竹外桃花三两枝，春江水暖鸭先知。”佳句永远是和好心情作伴的。然而有人读这首诗，却问：“为什么不是‘鹅先知’呢?”对于这样扫兴的人，真是无法可想。你只能告诉他：见鸭，未见鹅也!

四四、兴会是驾驭语言的状态，兴到笔随，事关诗之成败。所以做诗怕扫兴。宋诗人潘大临九月九日遇风雨大作，刚有了一句“满城风雨近重阳”，突然催租人敲门，顿时扫兴，失去状态，永远地留下了一个残句。

四五、郭沫若说，只有在最高潮时候的生命感是最够味的。宋谋玚曾感喟，有些人写了一辈子诗词，却不知道诗味是什么。周作人则说，没有兴会而做诗，就像没有性欲而做爱。不幸的是，这种不在状态的写作，并不少见。

四六、诗要说公道话，痛痒切肤的话。不要说冤枉话、隔靴搔痒的话。有人写四川地震曰：“老天底事生狼藉，霜月无光照蜀川。”这是灾区父老的感受吗?

四七、总在讽刺别人，绝不是第一流的诗人。须从讽刺自己做起，即鲁迅所谓“解剖自己”。写社会题材，把自己放进去。怀有恕道，你可以写出第一流的讽刺诗。如果你做了官一样地贪，你就没有资格讽刺别人的贪；如果你当了官一样地淫，你就没有资格讽刺别人的淫。

四八、兴会来自对新鲜事物的敏感。严羽说：“唐人好诗，多是征戍、迁谪、行旅、离别之作，往往能感动激发人意。”何以言之？因为空间开阔，思绪活跃，万象新奇，诗材丰富。

四九、“只有那种能向人们叙述新的、有意义的、有趣味的事情的人，只有那种能够看见许多别人觉察不到的东西的人才能够做一个作家。”（巴乌斯托夫斯基）唐相国郑綮自谓诗思在灞桥风雪中驴子上，还是这个道理。

五〇、我敬服巴乌斯托夫斯基的观点，他说，对生活、对我们周围一切的诗意的理解，是童年时代给我们的最伟大的馈赠。如果一个人在悠长而严肃的岁月中，没有失去这个馈赠，那他就是诗人。

五一、李子词有：“推太阳，滚太阳，有个神仙屎壳郎，天天干活忙。”（《长相思·拟儿歌》）“有个神仙屎壳郎”，妙得很！这又说明了，对儿歌怀有浓厚兴趣的人，没有失去童年馈赠的人，就是诗人。

五二、有出息的诗人，应设法到广阔天地去，接触新鲜事物，开拓题材，增加兴趣。要写就写最够味的感觉、最有把握的东西。宁肯写得少些，但要写得好些。切莫仅凭年年都有的那些个纪念日、喜庆事，闭门造诗。那样做的结果，必然是“黑毛猪儿家家有”。

五三、未经提炼的眼前景，只是形象。从生活中提炼出来的象征物，就不仅是形象，而同时也是意象。

五四、意象是诗歌形象，同时又是象征符号，是一个筐，容量极大。李后主笔下的“春红”是一个意象，不具体说哪一种花，一切的春花、一切已经消逝了的美好事物、一切过往的年华，都可以装进去。

五五、王维《相思》二十字之所以成为千古绝唱，首先就在于诗人给“相思”找到了一个绝妙的象征物——“红豆”。找到了这个意象，诗就成功了一半，所谓“斜阳芳草寻常物，解用即为绝妙词”。

五六、选题一经确定，就要考虑语言材料，此之谓裁词。李商隐的獭祭，从本质上讲就是裁词。诗的意象，也可以在裁词的过程当中产生。可以由“红豆”想到“相思”，也可以由“相思”想到“红豆”。

五七、赋与比兴何异？直说不直说也。毛泽东给陈毅的一封信，说“诗要用形象思维，不能如散文那样直说”，也不尽然。准确的说法应该是：诗要用形象思维，有直说不直说之别。“红军不怕远征难”，是直说；“三军过后尽开颜”，还是直说。

五八、直说又称直抒胸臆，如“莫愁前路无知己，天下谁人不识君”“君不见沙场征战苦，至今犹忆李将军”皆直说。故殷璠说：“适（高适）诗多胸臆语。”《皱水轩词筌》云，小词以含蓄为佳，亦有作决绝语而妙者，如韦庄“陌上谁家年少足风流，妾拟将身嫁与一生休，纵被无情弃，不能羞”之类是也。决绝语以外，沉痛语也可以直说。

五九、王国维说，有专作情语而绝妙者，如牛峤之“须作一生拚，尽君今日欢”、顾敻之“换我心为你心，始知相忆深”、柳永之“衣带渐宽终不悔，为伊消得人憔悴”、美成之“许多烦恼，只为当时，一晌留情”，等等，求之古今人词中，曾不多见。

六〇、古人做诗，对诗的开头结尾是很讲究的。开头，好比穿衣服扣第一颗纽扣，必须扣对。宋严羽说："对句好可得，结句好难得，发句好尤难得。"（《沧浪诗话·诗法》）发句要好，须挟兴会为之，要先声夺人、要抢占阵地。

六一、我自己写诗，对起句较用心，好比第一颗纽扣必须扣对。或开门见山，或先声夺人，或做大的笼罩，总要先占地步，为全诗提神。

六二、当想象和联想发生，诗思完成了从这一事物到那一事物的飞跃，则可以为诗，换言之，诗就可以成长了。接下来的事，便是语言的建构。

六三、意象是以小见大，意象是侧面微挑。譬如"貂鼠袍"，当诗人想到它是一件战利品，由赌场的胜负联想到战争的胜负时，这时他就完成了由此物到彼物的飞跃，他就可以做诗了。剩下来的只是语言如何到位的问题。"将军纵博场场胜"就是一语双关，"赌得单于貂鼠袍"的"单于"就不是闲字。几句话写出了一个常胜将军的风采。想象在这里发挥了关键的作用。

六四、诗从何处做起？一是得了好句，可以做起。二是有了一个绝妙的意象，可以做起。三是有了一个好的构思，可以做起。四是浮想联翩，有许多兴奋点，可以做起。总之是从人无我有处做起。

六五、众人围绕一事，你一言我一语时，最是集思广益，抵得浮想联翩，诗家当留心于此。例如明明寻得旧凳，别人偏猜是寻小芳。诗就可以从这里做起。

六六、浮想联翩，即思路开阔，放得开。梁简文帝曰："文章且须放荡。"其言是也。孟郊《登科后》"春风得意马蹄疾，一日看尽长安花"之妙，即在"放荡"。或曰："亦露寒俭之态"，不为无见。那是另一个问题。

六七、与"放荡"相反的是"矜持"。林语堂批评归有光文"矜持"，不如袁枚的放声大哭，一字一泪。又批评侯朝宗将与李香君一段哀艳之情，写成不足五百字的《李姬传》，全将个人感伤隐伏起来，矜持至此，真气煞人。诗更怕这个。

六八、诗中情景一定是加入了诗人的想象的，诗人笔下的情景，不必是一个现实的生活场景，也就是一种"愿景"吧。读诗最重要的是体会诗人的兴会和心境。

六九、从事写作的人有一个误区，就是写不出来的时候就抓狂，自卑感就很强，这其实是一个误区。写不出来，应该怎么办呢？那就读呀，"述而不作"呀。"读也，写在其中矣"，有一层意思就是：阅读能够获得与写作同等的快乐。

七〇、写出好作品，是作家对社会所作的贡献。大家都可以分享，可以拿来就是。阅读和欣赏，其实是一种再创作，所以能获得与写作同等的快乐。

七一、传播非常重要，特别是那些好的作品的传播。我造了这么两句话："诗唯恐其不好也，不必出于己；好诗唯恐其不传也，不必为己。”人间要好诗，诗唯恐其不好，不一定非要出在自己手里。读到一首好诗，应该像自己写了一首好诗那样欢欣鼓舞。而且唯恐它不传，唯恐不能有更多的人知道，所以到处逢人说项斯。

七二、闻一多强调诗有建筑美，就是说，诗的语言材料，最终要结构成一个完美的造型，句子与句子之间，甚至字与字之间，要产生凝聚力，或称张力。

七三、一首完美的诗，其中的每一个字，都是抠不动的。闻一多还把写诗比作下棋，高明的棋手，每下一个棋子，都具有唯一性。这就是说，每一首诗都应该成为一个完美的作品，无论新诗还是古体诗词，否则，就会“想说爱你不容易”。

七四、诗词写作的过程，说穿了就是一个作者同自己商略语言的过程，就是玩味“推”字佳还是“敲”字佳的过程。——“敲”字搞定，一个意境成了。或如朱光潜说，“推”字佳（表明寺内无人），一个意境也成了。

七五、没有脱离语言的思维（包括形象思维），也没有脱离语言的意境。

七六、汪曾祺说，有人说这篇小说不错，就是语言差点，这话是不能成立的。语言不好，这个小说肯定不好。同理，如果有人说这首诗的意境不错，就是语言差点，也是不能成立的。

七七、当兴会到来的时候，假如你觉得没有一首诗足以表达此时此刻的心情，这说明你已经有了新意。一二诗句随着诗思同时到来，古人称之得句。最初的得句，往往就是诗中妙语、主题句。诗人往往据以定韵。

七八、诗要上口，要有胜语。有人不能背诵自己所作，不是记性的问题，是无胜语。胜语皆好记，出以口语更好记，如“三百六十滩，新安在天上”“全家都在风声里，九月衣裳未剪裁”“太白高高天尺五，宝刀明月共辉光”等等。如出文言，则要理解才好记，如“强作欢颜亲渐觉，偏多醉语仆堪憎”“忽然破涕还成笑，岂有生才似此休”“能知有母真良友，若解分财已古人”“五度客经秋九月，一灯人坐古重阳”“墨到乡书偏黯淡，灯于客思最分明”“千载后谁传好句，十年来总淡名心”等等，以上所举皆黄仲则诗。

七九、语言一怕东拉西扯，即无片言以据要；二怕火气太重，即做作太过，其反面则是自然精纯。

八〇、诗须有好句，小诗尤须立片言以据要。欲求句句皆妙，往往反而不妙。

八一、天下诗人，往往差一句挂在别人嘴上的诗。须多读慎做，不做则已，做则必期于成。怎样才算“成”呢？须看读者传不传，编者想不想登。只要有哪怕是一句诗，被别人挂在嘴上到处说，那就“成”了。

八二、绝句尤须片言据要。黄仲则别老母诗：“搴帏拜母河梁去，白发愁看泪眼枯。惨惨柴门风雪夜，此时有子不如无。”末句沉痛深至，力透纸背，诗家必争此一句。其余铺垫，皆为此句而设。

八三、有人说："造句乃诗之末务，练字更小，汉人至渊明皆不出此。康乐诗矜贵之极，遂有琢句。"此言大谬，"胡马依北风，越鸟巢南枝"，非汉人之诗乎？"蔼蔼堂前林，中夏贮清阴""有风自南，翼彼新苗"，非陶公之诗乎？岂不造句、练字耶，只是得来不觉耳。

八四、以琢与不琢为分水岭，诗句大抵分为两种，一曰清词，一曰丽句。清词就是单纯质朴口语化的不琢之句，丽句则是密致华丽书面化的追琢之句。

八五、清词是一种天籁，没有太多的加工，粗服乱头不掩国色。丽句则是锤炼、追琢、推敲、意匠经营的结果。古人工琢句者，往往未及成篇，已播人口，如"风暖鸟声碎，日高花影重""晓来山鸟闲，雨过杏花稀"等等。杜甫曰："不薄今人爱古人，清词丽句必为邻。"我们应取这种态度。

八六、妙语有两种，一种是书语，一种是口语。口语多清词，书语多丽句。好的作者有一种语言上的潇洒气派，能在两者间来去自如，东坡诗、易安词就是如此。

八七、现成词藻亦有妙用。拙作云："嫦娥乃肯作空姐，为我青天碧海行。"以"青天碧海"代夜空。钟振振云："人在乾元清气上，三千尺下是银河。"以"乾元清气"代高处。假如没有这样的借代，还会如此迷人吗？

八八、纯用清词，如素面朝天，须底子好。纯用丽句，如浓妆艳抹，固可以藏拙，弄不好则适得其反。

八九、做诗者欲成大器，须具备两个条件。一条是天机清妙，或谓“多于情”；一条是学识渊博，或谓“深于诗”。天机清妙者，不学而能。学识渊博者，肚里有货，因看到份上，而写到份上。是之谓锦心绣口。

九〇、黄庭坚说：“自作语最难。”所谓“自作语”，当指原创而能流行之语。古人书中自作语，以先秦诸子为多，先秦诸子以《庄子》为多，先秦以下，以《史记》为多。那都是语言的天才。一般人只能从书语和口语中多所汲取。

九一、写诗如做报告，第一等是深入浅出，第二等是深入深出，第三等是浅入浅出，第四等是浅入深出，即以艰深文浅陋。

九二、诗词最忌公共之言，反之，最喜独到语、未经人道语。哪怕有一句独到语也好，如：“肃立碑前思痛哭，几人无愧对英灵？”（张榕）下句发人所未发，令人低回不已。

九三、“凡佳章中必有独得之句，佳句中必有独得之字；惟在首在腰在足，则不必同。”（《艺概·诗概》）这就是说，好诗必有想不到的好句，好句必有想不到的好字。

九四、有一种讨巧的办法是反用名句，如“秋老天低叶乱飞，黄花依旧比人肥”（聂绀弩）。下句从李清照“人比黄花瘦”化出，有反讽的效果。

九五、作者有几种情况，一种叫写来了，一种叫没有写来，一种叫撞上了，一种叫改得出来。或有一间未达，如踢足球，球在门边滚来滚去，只差临门一脚，改诗即须补这一脚。孔子曰："不愤不启，不悱不发。"此之谓也。

九六、习惯、重复是诗歌的大敌，因为这会导致感觉的迟钝。今人写得绝类唐诗，就不如读唐诗；今人写得绝类宋词，就不如读宋词；今人写得绝类清诗清词，就不如读清人诗词。难道不是这样吗？

九七、习惯是诗歌的大敌，陌生化则会带来刺激，带来惊喜，产生新的意义。

九八、袁枚说，凡人做诗，一题到手，必有一种供给应付之语，老生常谈，不召自来。若作家，必如谢绝泛交，尽行麾去，然后心精独运，自出新裁。及其成后，又必浑成精当，无斧凿痕，方称合作。其言是也。

九九、林从龙说："四字成语，放在三四五六字处，殊觉活泼，此乃造句之一法，在对句中尤显，'才如天马行空惯，笔似蜻蜓点水轻'。"原来七言句的节奏是上四下三,一个成语用在那个地方，扯作两半，熟词生用，即有陌生化的感觉。拙作有："自从心照不宣处，直到意犹未尽时。"

一〇〇、"日闲奏赋长杨罢"（王安石）。把"长杨赋"三音词拆用，殊觉神完语健，亦是陌生化的效果。与成语用在七言之三四五六处，异曲同工。

一〇一、将有同一关键词的两个成语并作一句，会萌发新的意味，吾尝试之："天人千手妙回春""恩怨些些一笑泯""人往高处走，高处不胜寒""文章须放荡，拘忌伤真美""驯虎捋须易，放虎归山难"等等，此须平时练习积累。

一〇二、套话陌生化，亦可出新。殷遥云：“莫将和氏泪，滴着老莱衣。”上句扣下第，下句扣归省。沈德潜评：“真到极处，去风雅不远。‘和氏泪’‘老莱衣’本属套语，合用之只见其妙，有真性情流于笔墨之先也。”

一〇三、打牌最怕遇到高手，而高手呢，最怕不按规矩出牌。散宜生诗、李子词就不按规矩出牌。天机清妙，所谓下笔如有神者。

一〇四、前人创造的语言，也应该为我所用，才能超越前人。黄庭坚说，杜诗韩文“无一字无来历”，贺铸自谓“笔端驱使李商隐、温庭筠，常奔命不暇”，从积极的角度去理解，就是读书多，古人的许多好处他都拿下了。

一〇五、关键不在“无一字无来历”，而在凡有来历，务必精彩。不但书语如此，口语也如此。元稹所谓“怜渠直道当时语”，“当时语”并非自作语。以拙作《邓稼先歌》为例，“放炮仗”语出钱三强，“不蒸馒头争口气”出自俗谚，“人生做一大事已”隐括陶行知“人生为一大事来，做一大事去”。皆有“来历”，并非“自作”，取其有味。

一〇六、衡量一个现代人会不会写旧诗，要看他会不会写近体诗；如果不会写近体诗，直是不当写作诗词，连古体诗也写不好的。

一〇七、“桃花才骨朵，人心已乱开”（张新泉），虽不合律，自是佳句。可见，平仄不是硬道理。又如“街把人挤扁，人把街拉长”（张人俐），形容小镇集市，亦佳句。

一〇八、调声从本质上讲，就是平仄的思维。简单说，诗句的出现，是以两个音节为单位，平仄相间、周而复始，“前有浮声，则后须切响”（沈约）。

一〇九、习惯平仄思维的人，一个诗句形成的时候，平仄基本就调好了。即使没有完全调好，捣鼓捣鼓，腾挪一下，也就好了。“烽火城西百尺楼”不能作“城西百尺烽火楼”，“直到门前溪水流”不能作“溪水直流到门前”。这就是平仄思维的结果。

一一〇、协调平仄不出腾挪、夺换二法。“烽火城西百尺楼”“春色满园关不住”是腾挪，“分曹射覆蜡灯（换‘蜡炬’）红”“迎来春色（换‘春天’）满人间”是夺换。

一一一、清人吴乔说：“古人视诗甚高，视韵甚轻。”不必把韵部看得那样神圣。合并调整的事，不是不可以做。却不必大动干戈，把入声字这个根本性的、很敏感的东西拿掉。正如学习文言文，词汇尽可吐故纳新，却不必将文言虚字这个标志性的、很敏感的东西拿掉一样。其理由不是别的，是由于有经典文本汗牛充栋的存在。

一一二、对用韵和平仄特别在意的人，不可与谈诗词。正如对笔顺特别执着的人，不可与谈书法一样。律是为他设的。李白、岑参、李贺少律诗，老杜多拗句，问其所以然者何，其必曰：“律岂为我设耶！”至若以诗律衡骈体，必以“南昌故郡，洪都新府”为不通，“敢竭鄙诚，恭疏短引”为妄作。

一一三、有宽格律，有严格律。有活格律，有死格律。有真格律，有假格律。美听之道，存乎一心。

一一四、江河奔流，大浪淘沙。要写就写衔接传统的诗词，要写就写经得起时间考验的诗词。以刊物相倡导，自是一种诱惑。有志者不必为了发表而有所苟从也。

一一五、我是这样想的：如果现实空间乏味，也不要紧。要么营造一个虚拟的空间，像李商隐《夜雨寄北》那样；要么找回一个历史的空间，像杜牧《赤壁》那样。

一一六、诗之无趣，是因为想象力的贫弱。想象力贫弱的人，即与创作无缘。

一一七、写诗不可黏着事实，在事实层面上兜圈子。故苏东坡说："赋诗必此诗，定非知诗人。"滕伟明夜宿竹海，事实索然无味，只因中夜客房又添数人，忽发奇想曰："此中大似旧聊斋……中夜有客破壁来。"这才是诗。

一一八、想象不怕离奇。关键在于，一个离奇反常乃至荒谬的设计，要给它一个前提，使之变得合理，并产生奇趣，故古人有"反常合道"之说。

一一九、"柳絮飞来片片红"，多么荒诞的诗句，然而，给它一个前提——"夕阳返照桃花坞"，则化腐朽为神奇，是多么的有趣。据说，这是金农的杰作。

一二〇、为什么要填词？请给我以理由。或曰：清真是这样写的，白石是这样写的，玉田是这样写的。夫子哂之。或曰：因为有一个曲调管着。夫子喟然叹曰：吾与汝也！

一二一、歌词须有好句。所谓好句，并非精心雕琢之句，而是听众一听不忘之句，如“有一位老人在中国的南海边画了一个圈”“我爱你爱着你，就像老鼠爱大米”，听众一听不忘，歌词就达到了目的。

一二二、填词的不二法门是：后找词牌，先得好句。所谓“立片言以据要，乃一篇之警策”（陆机）。这也往往会成为作品的生长点。比如在川大怀人，我先将附近的九眼桥、合江亭作成一个对子：“亭合双江成锦水，桥分九眼到斜晖”，一看是《浣溪沙》的句子。再上下展开，足成一词。

一二三、有人请教词体特征，夏敬观说：“风正一帆悬”是诗，“悬一帆风正”是词。而领字的产生，无非歌唱的需要。李煜是在词中运用领字第一人，柳永是将领字大量运用于慢词的第一人，是以其词可歌。

一二四、慢词的诀窍是，以领字为关纽，它使句群保持着一气贯注到押韵处的语气。柳永、辛弃疾词都将这一点发挥到了极致，以辛词为例：“落日楼头，断鸿声里，江南游子，把吴钩看了，栏杆拍遍，无人会，登临意。”（《水龙吟·登建康赏心亭》）

一二五、李子词云：“有风吹过芭蕉树，风吹过，那道山梁。某年某日露为霜，木梓走墟场。某年某日天无雨，瓦灯下，安放婚床。”（《风入松》）这两遍“风吹过”、两遍“某年某日”，充满了歌词的神韵。你说它是创调吗，它正是传统。你说它传统吗，它又和流行歌曲接轨，翻出梦窗手心，一首词复活了一个词调。

一二六、故词有写来看的和写来唱的两种，究以后一种为好。

一二七、鲁迅的“我以为一切好诗，到唐已被做完”的说法，原是过情语，不能较真，岂能较真。不过鲁迅又何尝把话说死，他接着还有话：“此后倘非能翻出如来掌心之‘齐天大圣’，大可不必动手。”要是能够翻出如来掌心呢，言外之意还是清楚的。

一二八、五四运动以后，曾经有一段时间，人们认为诗词、乃至汉字已走到尽头。又有一段时间，人们认为毛泽东诗词就是传统诗词最后的辉煌。事实证明，这其实是低估了汉字与诗词的生命力，也低估了后人对汉字、对诗词的接受程度及驾驭能力。

一二九、有人是不承认新诗的，有人认为汉语诗歌就只能像唐诗宋词那样。我想，这只会限制他的成就。新诗重视原创的精神和陌生化的手法，是值得旧诗作者借鉴的。

一三〇、应该重新审视和梳理诗词语言的审美，时人李子说，如今楼顶不容易上去，“登楼”和思乡怀人已经扯不到一块；“貂裘”，没几个诗人花得起这钱，还侵犯动物福利；“唾壶”早已更新换代了，击之不大卫生，此类情趣理当扬弃，代之以新的审美因子。

一三一、新诗比旧诗更重原创性，从内容到形式，任何模拟都无所遁形。而旧体诗词写作，在艺术上有太多惯例、模式、套话、现成思路和“创造性模仿”。

一三二、杜甫示宗武诗：“汝啼吾手战，吾笑汝身长。”纯用口语，十字百端交集，曲尽天伦，曲尽人情。非佳句而何。张人俐写集市“街把人挤扁，人把街拉长”，风趣亦如之。

一三三、七言句较五言句表现力更丰富，铸单句可，铸复句更佳。七字句的好处是贴近口语，不足是一览无余。杨万里铸句以活法，“语未了便转”，如“时有微凉不是风”，一句中有两分句，一个四字句加一个三字句，就不那么一览无余，而是比较耐人寻味了。

一三四、有举轻若重，有举重若轻，到底哪一样好呢。周恩来说：还是举重若轻好。诗亦如之。宛老悼亡云：“妥灵祭罢儿孙哭，从此人间一见难。”都永别了，却只说“一见难”，重事轻说，浅貌深衷，沉痛深至，即含蓄。

一三五、诗的结构，起承转合，本质上是一种内在韵律。郭沫若说：“内在韵律便是‘情绪的自然消涨’……这种韵律非常微妙，不曾达到诗的堂奥的人简直不会懂。这便说它是‘音乐的精神’也可以，但是不能说它便是音乐。”

一三六、在唐诗中，尤其是唐人绝句中，唱叹之音是不绝于耳的，而且由内在韵律固化为一种写作模式。简言之就是一句唱，一句接，“承接之间，开与合相关，反与正相依，正与逆相应，一呼一吸，宫商自谐”（杨载）。一呼一吸，乃自然的、生理的节律，这正是内在韵律的很好的描述。

一三七、胡应麟《诗薮》开篇即云：“绝句之构，独主风神。”这个“风神”，就是“风调”。这个“风”，并非可意会不可言传，它就是风诗的“风”、风人的“风”。质言之，即民歌也。“风神”“风调”非他，民歌之神髓也。明王世懋云：“绝句源出于《乐府》，贵有风人之致，其声可歌，其趣在有意无意之间。”此言得之。

一三八、古人说，有诗人之诗，有学人之诗。区别在于：诗人之诗出乎其性，学人之诗出乎其学。

一三九、原来绝句短小，着不得学问力气，故文人学士，较之妇人女子，并无优势，而民间作者，往往天机清妙，复接地气，故措语天真，有文人学士不能道其只字者。

一四〇、写作的最高追求是传世。好诗的重要属性是可传。若能被人口口相传，像李白《静夜思》杜甫《绝句》，要说它不好，便是妄议；若读过一遍，不想读第二遍，要说它好，便是瞎吹。

一四一、“一去二三里，烟村四五家，楼台六七座，八九十枝花。”北宋理学家邵雍作也。流沙河羡之欲死，云：“我若能有一首——一句也好，流传到千年后，便做阿鼻地狱之鬼，也要纵声欢笑，笑活转来，再笑，直到又笑死去。”此可为知者道，难与俗人言也。

一四二、运用通感，是诗的诀窍之一。为什么要通感？因为诗拒绝迟钝。而通感成立的依据，乃在于世界万物之间是普遍联系的。

一四三、为什么强调空间感？我的回答是，时间艺术需要找补。画不像诗那样意味深长，诗不像画那样一目了然。然而，诗画在一定条件下也能相互转化。比方说，一个诗人的兴趣偏于空间显现，他的诗就会呈现出画意。这就是诗的找补。

一四四、公共题材必须发人所未发。比如同学会，是很多人都写的题材。江油丁稚鸿笔下的“同窗聚会无高下，尽是呼名叫字人”，突然触着，把别人熟视无睹的、而又确是同学会的一个重要特点写出来了，所以为佳。

一四五、还不能说当代诗词已经超越唐宋。只有一点是绝对超越、大大超越，那就是作品的数量，可能是一个天文数字。但大家心知肚明，数量是不解决问题的。

一四六、有两种好法，有一种叫想得到的好，有一种叫想不到的好。想得到的好，是锦上添花，说到底还是重复。想不到的好，才是翻出手心，才是雪中送炭，才能增值。我以为，当代诗词作者都应该追求想不到的好。

一四七、想得到的好即一般的好，你写得出，我也写得出。诗写得一般的好，并不困难，打开任何一本诗刊，你所看到的，大多是想得到的好。如果有一首诗突然让人跳起来，大为雀跃，那么，这首诗一定是写出了想不到的好。

一四八、写诗，尤其编诗，不能贪多务得。因为全部的诗是分母，想不到的好才是分子，分母越大，所得分数越低；分子越大，所得分数越高。所以编集只有一字诀：删。

一四九、代表作是人无我有之作、叹为观止之作，必有想不到的好。

一五〇、如果一本诗集，从头到尾，所有的诗都停留在想得到的好，没有一首想不到的好。我就要在这本书上盖上一个章，文曰“不藏书”。“不藏书”是舒芜发明的名词。

一五一、我认为评价一个诗人，要看他最好的诗写到多好。好比跳高，要以跳得最高的一次记录成绩。

一五二、代表作是一提到诗人，就会被想起的作品。如提到李白就会想起《蜀道难》，提到杜甫就会想起“三吏”“三别”，提到岑参就会想起《白雪歌》，提到白居易就会想到《长恨歌》，等等。有些诗人没有代表作。提到诗人，想不起作品，这是很吃亏的。

一五三、影响大的诗集，往往是薄本本，如“诗三百”(《诗经》),《唐诗三百首》,《毛主席诗词》,《散宜生诗》，等等。在一个时代的诗选中，小家往往占尽便宜。因为入选的那一两首诗，往往就是他的全部家当，却可能很拔尖，影响之大，或“孤篇横绝，竟为大家”。后人吐槽李白最厉害的一句话，是王世贞说的：“百首以后，青莲较易厌。”王世懋则说“平生闭目摇手不读《长庆集》”，以其收诗之多也。有人一见面就说，在下写诗已上千首。我一听心想，该“闭目摇手”了。

一五四、巴蜀诗人刘君惠指出：一切趋时应景之作，或赓韵酬答，累牍连篇；或感濡沫而发颂声，或俨华缨而参曲宴，虽雕绘满眼，乃以言餂人，无采风之义，不在遒人之职。至于浮华交会，闻风慕悦，嘘枯吹生，因缘攀附，以行卷为贽敬，比诗歌于商品，皆所不取。这样的诗歌主张对于当代诗词，可以纠偏，可以补弊，令人心悦而诚服。

一五五、书写当下，并非狭隘地美刺见事，而是须有当代的思想意识。胸次宽者平台大，取材广者命意新。既知大俗之雅，敢题糕字；复知大雅之俗，不作送往劳来。余谓当代诗词必与既往割席者，正在于此。

一五六、对于当代诗词，我主张三条：一曰书写当下，二曰衔接传统，三曰诗风独到。有了书写当下、衔接传统这两条，允称小好；加上诗风独到这一条，堪称大好。